受◎孤独

子

三省斋絮语

袁通路 著

耽守书斋，不亦是人生一乐事耳！红尘自是浮尘，无须看破；清境应当清净，更要静修。

陕西新华出版传媒集团
太白文艺出版社（西安）

图书在版编目（CIP）数据

享受孤独：三省斋絮语 / 袁通路著. —— 西安：太白文艺出版社, 2019.11（2023.2重印）

ISBN 978-7-5513-1721-4

Ⅰ.①享… Ⅱ.①袁… Ⅲ.①诗词－作品集－中国－当代 Ⅳ.①I227

中国版本图书馆CIP数据核字(2019)第225240号

享受孤独
XIANGSHOU GUDU

作　　者	袁通路
责任编辑	王　威
整体设计	董文秀　侯梅梅
出版发行	陕西新华出版传媒集团
	太白文艺出版社
经　　销	新华书店
印　　刷	三河市嵩川印刷有限公司
开　　本	787mm×1092mm　1/16
字　　数	150千字
印　　张	15
版　　次	2019年11月第1版
印　　次	2023年2月第2次印刷
书　　号	ISBN 978-7-5513-1721-4
定　　价	45.00元

- -

联系电话：029-81206800

出版社地址：西安市曲江新区登高路1388号（邮编：710061）

营销中心电话：029-87277748　029-87217872

自　序

耽守书斋，不亦是人生一乐事耳！红尘自是浮尘，无须看破；清境应当清净，更要静修。

我生来好玩，而且一旦玩起来就很是投入，也颇能坚持。儿时好玩弹球、踢四方格、投沙包、捉迷藏、摔四角、下象棋、打扑克……凡是好玩的都努力为之，争强好胜之心甚重。年少之时，心胸不太宽阔，说话不甚得体，往往开罪于人，也曾深受口舌之祸。终究，我是一个有口无心之人，有些牢骚其实是对事不对人的。虽然知道年少无知无须承担什么责任，但是还应讷于言而敏于行。于是，对于文字多了些偏爱。对于诗歌的爱好则是在对男女之事有了些许了解之后，用功颇多，不过所谓的诗也不免是一些凑句子的新词，大多为顺口溜出去的文字而已。当年心里的一些小九九，无处宣泄，于是就以文字作为寄托了。彼时的心境可以自己最近写的几句歪诗为证："一怀维特烦恼事，无处消遣普希金。"歌德笔下的少年维特未尝没有他自己的影子，当年我的情思无处排遣，自然就去普希金的诗歌里面寻求安慰了。"假如生活欺骗了你……"使我的心境大为改善。于是我也曾在自己的语文课本背面写了几句仿古诗，其中有那么一句较为得意："流水作伴衣作妻。"同学也曾问其出处，我的回答他们大多不以为然。现代诗自己胡写乱涂了二十多年，写了很多首，也曾发表了一两首，得了几块钱的稿费，其余都"养在深闺人未识"！当然，自己认为，这些新诗水平尔尔，难登大雅之堂。转眼到了不惑之年，我又开始迷恋书法，不能自已，也隐隐有些儿时的愿望在里面。虽然为了练字，患了颈椎之疾，仍是不能罢手。与此同时，顺带患上了好古的毛病。从诗到词，从读到写，一发不可收。于是乎，当年的个性也再三展现，就是那要玩便要求专求精的想法开始作祟，古人所云之"天作孽，犹可违；自作孽，不可活"在我的身上可见一斑。五年时间，朝思暮想，不曾停歇。

五年时间，大部分的精力都用在了读诗写诗改诗的事情上，颇有些"人家除夕正忙时，我自挑灯拣旧诗。莫笑书生太迂腐，一年功事是文词"的意思了。对于诗歌的探究，从近体诗到乐府诗，从乐府诗到《诗经》，不断研读生僻的文字，不断分析严谨的格律，不断体会作者的情怀，不断品味诗歌的深意，真是到了欲罢不能的地步。我也为此写了几句所谓的新诗：

> 总是有一种冲动，折磨着我的心房；
> 总是有一种忧愁，繁衍在我的胸怀；
> 总是有一种希望，牵引着我的足迹；
> 总是有一种声音，萦绕在我的耳畔：
> 归来吧，天涯游子，
> 归来吧，在诗词瀚海，恣意遨游……

对于自己前半生的人生经历，我曾经自拟了一副对联予以总括：

"年少好牌，老来恋字，天性使然，总把闲事作正事；今朝寻酒，明日吟诗，痴心难改，随他黑头成白头。"

时光荏苒，蟋蟀在堂。又是一个金风之秋，我把五年习作整理成册，一是想对自己五年诗路有个小结，二是希望读者多加斧正。

五年行径，总归是有些感悟。虽有小得，但我永远只是诗歌路上的一个学生，在我前行的路上按礼是要有所致谢的。首先，当感谢度娘，她的天地万物诗词歌赋无所不知的本领，使我的诗学水平有了显著的提升；其次，要感谢田蕴章先生的精彩视频，使我的书法能力和诗词勘误水准不断提高，也使我有了醍醐灌顶的感觉；第三，应感谢腾讯空间，使我的肤浅之作有了显摆的机会；第四，还须感谢朋友圈中各位亲人的万千点赞，使我的虚荣心得到了无限的放大，并不断激励我前行；最后，必须感谢我的夫人，感谢她对我的不离不弃，感谢她从没有撕破我的稿纸，从没有嫌弃我乱七八糟的书房，也从没有嫌弃我床头散乱的诗书。天地父母生养之恩德是不能用感谢二字的，也是无以言表的！

之所以自己写序，因为自己的诗皆是鄙陋之作，不敢劳烦大家费神，更因为自己的师傅太多，请了这个就不免得罪了别个，于是干脆一并得罪了。自己书斋命名为"三省斋"，故而诗集名为"三省斋絮语"，是为序。

目　录
CONTENTS

六州歌头·母校重回①

　　回眸灞柳，不见昨长亭。芳华逝，银丝共，少踪行，独伶俜。遥想当年事，人生梦。斯地种，汗水纵，功业竞，念师情。游学他乡，风雨青春弄，岁月峥嵘。忆馆中争座，为异性相倾，软语嘤咛，怕人听。

　　在沙场上，骄阳下，身手显，为班荣。鲜血热，豪气壮，小书生，不庸平。廿岁重回首，友谊续，弃浮名，游故地，追前梦，愿为情。看顾曾经园校，新颜换，鹊起名声。问高天明月，何日可逢卿，有泪盈盈。

2013 年 7 月 31 日　2014 年 3 月 4 日再改

[注释]

　　① 为大学毕业二十年聚会而试笔。

岁末有感①

　　些许歪诗不甚精，几行丑字费心情。

　　诗书不负耕耘苦，笑对老来风雨生。

2013 年 12 月 31 日

[注释]

　　① 为 2013 年学业做总结。

戚氏·秋夜

见如初，往事匆去又何如。纵有灵犀，乱花迷处，影仍孤。围炉，梦华胥。当年少日慕罗敷，朝思暮想无度，对烛花抱影眠无。思写寒夜，情传鱼肚，盼仙子赠蘅芜。幸南柯醒梦，心系科举，朝暮攻书。

孤独，雨骤风疏，嚣雀乱语，悄悄泪如珠。名题榜，母偏亡故，此事难图。杳鸿鱼，四海踏遍，芙蕖已杳，玉女何居。忍闻夜雨，寂寞红楼，苦楚难对秋梧。

岁月驹驰隙，曾经坎坷，病累名虚。幸有良师益友，解忧烦佑我入新途。病来再忆前生，梦非梦似，当日情何苦。若弄词莫对秋深雨。流水去，谁伴残躯。鸟语停，泪湿罗襦。看身外事总似须臾。此心犹素，提壶纵酒，以待金乌。

学于 2013 年国庆节

六州歌头·为我校女排壮行①②

西邮征战，看我石油兰。

英姿飒，金风暖，众心连，志如天。

追忆沙场上，苦操练，流血汗，胆气壮，年少梦，结球缘。

众志成城，风雨青春弄，身苦心坚。

记馆中练训，倒地救球欢，

似玉娇颜，惹人怜。

抚腰间剑，胸中志，身手显，梦将圆。

西大战，华清练，尽丘山，勇登攀。

看我三军壮，美女聚，倩如仙，民族众，邻国并，闯雄关。

闻道英雄儿女，缝袍自，敬意连连。

愿如花年少，今日志当全，一马当先。

2013 年 10 月 12 日

[注释]

① 我校热爱排球之女学生，自己组队并自购队服参加陕西高校排球比赛，比赛地点在西安邮电大学。该组有西北大学、西安电子科技大学、西安建筑科技大学、西安建筑科技大学华清学院等队，故词中有相关高校之简称。我校女队队员有汉族、回族、哈萨克族、维吾尔族，还有俄罗斯的留学生，可谓阵容强大。

② 排球比赛，遇事不能助威，以六州歌头一词为女队壮行。即日。

冬日有感二首

其一

闲来无事对书痴，夙夜搔头学柳词。

但使光阴不虚度，桃花欲出别般枝。

2013 年 11 月 10 日

其二

吟诗作赋风流事，对酒当歌无尽时。

山水诗书且为伴，此中滋味几人知？

2013 年 12 月 14 日

腊月十一①

往事依稀忘却难，故园四十二年前。

梁间乳燕新雏哺，屋内双亲独子怜。

切切此情回首梦，悠悠一恨奈何天。

寻常百姓天伦乐，使我无端泪似泉。

2014 年元月 11 日

[注释]

① 逢余生日忆亡母，学作七律一首。

春日学诗有感①

学诗心志坚，格律费熬煎。

未有生花笔，何来屈子篇。

诗书消永夜，岁月逝长川。

欲得惊人句，寒窗待十年。

2014 年 3 月 3 日

［注释］

① 学作五言律诗一首，写自己学诗的一点感悟，请方家正之。

排球场春咏

风和日丽排球艳，汗水如流锻炼忙。

笑对输赢无顾忌，追求幸福有奇方。

钱多未必心欢喜，病少才能乐未央。

不为名来不为利，玫瑰已送手余香。

2014 年 3 月 6 日

安公子·学排球有感

昨夜停春雨，峭寒不顾沙场露。已老黄花今又俏，管他闲人妒。相逢笑，红颜且与须眉聚。忘岁年，结伴人三五。惯看春秋事，未免英雄迟暮。

人道三生幸，对排球几番痴仁。若以余生相托付，问身归何处？吐肺腑，情丝几缕如何诉？风怨秋，白发依然附。数岁月沧桑，不如此时归去。

2014 年 3 月 11 日

天净沙·嵯峨山下（二首）

其一

苍山晴日春风，麦田新起坟峰，唢呐双吹泣鸿。哀情何送，断肠人立风中。

其二

长沟荒草新坟，麦田争绿风熏，丽日青山薄云。一言何尽，帝王功业谁闻？

2014 年 3 月 14 日

天净沙·回家见父母苹果园中拾柴

斜阳老树寒春，双亲林下寻薪，不顾衣衫染尘。七旬谁问，尚须如此勤辛。

2014 年 3 月 20 日

满江红·马航事件有感①

恨起汪洋，难言痛，此情怎抑？

人数百，异乡魂去，愤将难息。

二十多天忧与虑，七千里路朝和夕。

盼捷书，十亿国人同，如何索？

远行客，何日北？亲人泪，谁能拭？

冀如生，觅遍百山千泽。

多少平生无奈事，几回壮士空悲泣。

问苍天，怨曲袭欢声，谁之责？

于 2014 年 3 月 25 日

［注释］

① 试作"满江红"词一首，以抒胸臆。

天净沙·清明（二首）

其一

归乡正是清明，

感时悲却无声，

乱草坟头又生。

纸钱烧净，

有谁知我心情？

其二

百花次第开时，

踏青谁不魂驰，

底处哀声又飞。

任人挥泪，

恨心当与天齐。

2014 年 4 月 2 日

清明为亡母扫墓而作

沦落他乡难尽孝，清明时节少钱香。

黄沙尺尺阴阳隔，碧树枝枝气色芳。

忍对孤坟生乱草，愁闻杜宇断人肠。

可怜浪迹天涯客，几度秋风鬓已霜。

2014 年 4 月 9 日

柞水登山有感

偷来半日闲，着雨赴山肩。

雨霁群山秀，崖高野果悬。

世间多变故，顽石自岿然。

绝顶花依旧，孤身对苍天。

2014 年 4 月 24 日

回乡与父采槐花有感

香花何处新，老父豪未泯。

树上怜枝叶，门前影嶙峋。

莫言来世报，且把此生珍。

愿为儿孙累，休提富与贫。

2014 年 4 月 28 日

吊兄

梁间燕子新巢半，门里亲人别泪垂。

娇子今生难见父，老娘何处可呼儿？

病来扁鹊无灵药，归去南山有鹤随。

多少人生无奈事，几回搔首苦吟诗。

2014 年 5 月 23 日

声声慢·学书有感

孤孤寞寞，暮暮朝朝，闲来字里落脚。

偶入书林深处，渐迷归鹤。

欧颜柳赵妙绝，道法严，凛然山岳？

使后学，正伤神，喜得蕴章良药。

笔墨消磨魂魄，甘苦共，无声字无端乐！

铁砚磨穿，技艺尚须百琢。

孰知个中味道，小轩窗，泰岳自若。

惜岁月，直面法书独苦索！

2014 年 8 月 17 日

中秋遇雨

中秋月隐行，苦雨使人惊。

迢递天涯路，凄清促织声。

殷殷游子意，脉脉慈母情。

夜静思心更，兀然泪狂生。

2014 年 9 月 8 日　农历八月十五

二十年后重登秦岭南五台有感

九曲盘山路，重登南五台。

一朝离帝里，自此远尘埃。

落叶清秋梦，闲愁白发催。

岩松犹未老，肯识故人来。

2014 年 10 月 15 日

十月初一遇雨

满城烟雨失台楼，黄叶纷纷忆旧游。

岁岁寒衣今又送，乡愁一任几时休？

2014 年 11 月 22 日　农历十月初一

初冬登山

终南秋色妙无伦，百态千姿更胜春。

新绿落红随处得，山风十月醉游人。

2014 年 12 月 5 日

机上观云海

千年雪未蒸，万里浪如凝。

群玉山头望，广寒深几层？

寒夜学诗偶得

寒窗独对空寂寞，一句吟成泪千行。

双鬓星星知格律，半生碌碌去家乡。

无情岁月催人老，有味诗词费思量。

桃李无言蹊自在，读书不觉夜深长。

2014 年 12 月 6 日夜

寒夜习柳字有感

笔老香知墨，灯残月对幽。

千山随水去，万事一时休。

暗夜无人处，前贤有帖留。

衣宽终不悔，此外更何求？

2014 年 12 月 25 日夜

冬日咏怀

人到中年万事休，诗词几本度残秋。

学书休恨桑榆晚，闻道莫言青白头。

飞鸟山中自来去，闲云岭上为冕旒。

大千秀色谁遍看，一叶扁舟笑王侯。

2015 年 1 月 25 日

春节临池有怀

朝来暮去临，笔墨对寒衾。

人达识生死，月明垂古今。

文章身后事，李白醉前心。

猛志固常在，何言《梁甫吟》。

2015 年 3 月 6 日

咏石油大学柳（一）

石大春来早，东风入怀抱。

请君楼北看，黄柳问安好！

2015 年 3 月 9 日

兴平七友诗词唱和雅集为诗

人生贵在有相知，七老文才画与诗。

最是心交长更久，三秦佳话任人随。

2015 年 3 月 9 日

踏青

春来好雨疏，君子意何如。

柳绿花红处，万般心绪除。

2015 年 3 月 22 日

仲春遇雨

雨是相思泪，花如寂寞心。

青春时正好，何处觅芳芩。

2015 年 3 月 25 日

德机失事有感

人间三月又机殇，春雨无声人断肠。

旧恨未消新怨起，莫忘前事有凄凉。

2015 年 3 月 25 日

病中吟

病躯零落三秋树，忍对青春二月花。

自去自来王谢燕，相亲相近苦寒家。

人间处处争冠冕，世事茫茫乱鹊鸦。

榻上偷闲吟老杜，一怀心事付诗茶。

2015 年 4 月 1 日

题花

寒宅出名花，娇红似晚霞。

深山来沃土，风雨一身斜。

2015 年 4 月 1 日

咏至相寺

至相禅寺至相僧，万寺之宗万寺灯。

兵燹屡经香不绝，如来真法千古称。

2015 年 4 月 5 日

雨山行

清明好雨满三秦，故旧相随病后身。

烂漫山花空自赏，无边翠色按时新。

世间冷暖世间事，梦里云烟梦里人。

纵有愁怀千万丈，斜风细雨入轻尘。

2015 年 4 月 5 日

沁园春·忆兴平南位初中求学时光

故土遥遥，渭水汤汤，亘古不休。

忆匆匆往事，悠悠岁月，茂陵问道，陋室清修。

刺股悬梁，挑灯看剑，自誓他年卫霍侯。

曾经事，恼初开情窦，未语先羞。

追心一发难收，似春雨绵绵不绝流。

记灯边寻虱，梁间观雀，沐风栉雨，论宋谈周。

月下登楼，田中戏蝶，三度花开美梦留。

回头望，惜风华年少，闲度春秋。

2015 年 4 月 7 日

赵中别（与郑女士合作）①

北依九嵕秀，南望秦岭霞。

西沐泔河浪，东闻京兆花。

钟灵毓秀地，乃我赵中家。

妙龄十六七，诗书度韶华。

三餐多清苦，一饮少粗茶。

师恩胜蚕烛，授业如绩麻。

同学情无忌，相约咏蒹葭。

代代英才出，人人名校夸。

春秋虽两度，几多夕阳斜。

一朝龙门跃，天地舞琵琶。

师生各分别，卅年逝如沙。

虎鲨斗昨日，今朝已老虾。

赵中成往事，我辈恨无涯。

华发生日夜，老泪对昏鸦。

何日重聚首，遑论豪与奢。

同饮一杯酒，休言道路赊。

2015 年 4 月 8 日

[注释]

① 赵中乃礼泉县赵镇高中也。郑女士言及其母校赵中已被撤并，不复存焉，颇多感慨。备述当年求学诸事，嘱予作文以记之，遂努力为诗。虽不值方家一哂，然可以文会友，可长见识，此乃吾平生之幸事！望各位不吝赐教！

雨中闻山鸟

斜风细雨两依依，寂寂春山人更稀。

何处神鸦啼急急，分明切切唤儿归。

2015 年 4 月 19 日

雨中登南五台

雾锁春山不见台，万千愁绪雨中来。

忽然一阵山风烈，顿觉吾身在蓬莱。

清平乐·槐花

百花飞尽，始见芳容近。

身自贫寒唯自奋，不与他花共韵。

清风一夜销魂，香来醉倒王孙。

不历几番风雨，何来今日香醇。

2015 年 4 月 23 日

学诗有感

未有寒窗十年功，诗词终是路边虫。

老来无事青灯下，皓首穷经学放翁。

2015 年 4 月 25 日

归乡

年来多事病缠身，风雨清明又逡巡。

不忍双亲思日夜，谁怜孤雁失星辰。

梁间紫燕应衔土，田里春花已作尘。

游子近乡情更怯，家门未到泪盈巾。

2015 年 4 月 26 日

学诗词三年有感

诗词本一家，万里出流霞。

文字生锦绣，贫寒育奇葩。

前贤数不尽，后学空自嗟。

李杜文章老，诗名千古夸。

成针由砥砺，奇句走龙蛇。

迈步从头越，休言道路赊。

沉浮一念错，富贵万人巴。

四十知格律，三年逝如沙。

古今同物理，日月转光华。

书不辞万卷，史应过五车。

苦穷一杯酒，生死三尺纱。

万事终寂寞，情怀自无涯。

诗书消永夜，何处闻悲笳。

2015 年 4 月 30 日

为夫人生日而作

曹家独女入袁门，憔悴容颜育子孙。

一十八年谁最累，劳神费力掌乾坤。

水调歌头·琐忆相恋岁月

年少为情误，梁祝使人怜。

痴心如此，短烛长夜照无眠。

陌路相逢惊梦，认作死生与共，沧海化桑田。

幸有佛灯引，一线任魂牵。

长安路，延河水，漫无边。

姻缘多舛，几度泪眼望山川。

万语千言难诉，一意孤行无惧，千里梦终圆。

几度春秋雨，相顾话从前。

登山解病

偷来半刻闲，两日尽登峦。

岭上风云变，林中虫鸟安。

丹心难放纵，白发已成团。

若有凌云志，何来蜀道难？

2015 年 5 月 25 日

晨课

五更天色已分明，窗外遥传布谷声。

岁月书中多缱绻，风云笔下正纵横。

半生偏被红尘误，一悟应知墨色清。

富贵自由天地定，何须死去活来争。

2015 年 5 月 27 日

山行

朝辞父母急，未着老莱斑。

何故归心切，欲登秦岭山。

双亲神色足，游子孝心悭。

锦雉高飞处，浮云独自闲。

山花开不绝，溪水响潺潺。

身在青山上，客心开病颜。

村居遥可见，石径险难攀。

九转盘山路，行人斗志顽。

村民亲可近，邀客晚回还。

向晚天欲雨，自然行色蛮。

神鸦声渐远，暮色入人寰。

早有东篱志，却无陶令纶。

遗风太白在，诗意杜公潜。

明月柳梢上，双亲一念间。

2015 年 6 月 8 日

重午节

佳节又端阳，乡愁何处藏。

当知箬叶里，难有少时香。

密密线成彩，丝丝人断肠。

艾香依旧是，谁为点雄黄？

2015 年 6 月 9 日

夏雨

今夜长安雨，闺中忍独看。

风来腮满泪，五月更天寒。

2015 年 6 月 24 日

尖山行

经年恋南山，闲来皆出行。

此山闻名久，常思绝顶旌。

早有凌云志，恨无双翼生。

青春未努力，白首意纵横。

身衰长安地，终日对余醒。

今朝游兴起，相邀谋远程。

一入山野地，青青色菁菁。

众人忌路远，吾意决难更。

别妻离友众，胆气自干城。

行行子午道，默默古今声。

日月自更替，山川悲枯荣。

野径变左右，行人没棘荆。

拨草寻前路，侧身问黄莺。

正午行梁上，巧逢李仁兄。

相约登峰顶，手足一时成。

山路多陡峭，草木尽峥嵘。

安康磐石重，富贵浮云轻。

三遇独行客，豪气使人倾。

长啸出胸臆，心绪一时宁。

歧路添新友，众志各分明。

兄弟情义深，何惧山不平。

叶茂日难晒，身轻路无坑。

汗出衣三润，沙滑魂九惊。

鬼神泣诗句，天地妒豪英。

绝顶唯多石，寸土狭难耕。

纵教李杜在，难书此刻情。

2015 年 6 月 27 日

028

另诗

绝顶登来已多日，遣词造句心未平。

千难万险俱忘却，犹记当时兄弟情。

2015 年 6 月 27 日

晨咏①

风雨应知苦与甘，闲来尽在墨中参。

不怜双指生厚茧，独对三行丑字惭。

2015 年 7 月 10 日

[注释]

① 习字一年有余，未入门墙，故有此感。

晨课随感

习字虽无童子功，面窗常对南北风。

白头应是寻常事，笔下乾坤大不同。

2015 年 7 月 14 日

无题（一）

愿是秦山一片云，东西南北永随君。

纵然他日风狂起，化作甘霖不离分。

2015 年 7 月 31 日

鹊桥仙·挽天津遇难同胞①

佳期又是，良人无觅，碧海青天秋月。无端横祸降人间，想王母心无此绝。

双星在望，孤心长恨，忍对少游诗帖。世间若是有轮回，送他去天津补缺。

2015 年 8 月 13 日

［注释］

① 七夕前津门失火，殃及无辜，惊天动地，无限哀情，故有此词。

破阵子·沙场点兵

为九月三日阅兵而作

七十年来家国，九千里地神州。

岁月从来多苦难，华夏何时少敌仇。

沙场兵点秋。

屈辱百年挥泪，英雄无数抛头。

人世间和平可贵，天地中情义永留。

战争何日休？

2015 年 9 月 3 日

悼力文①老兄

《长安夜话》倾全力，论古谈今腹有文。

壮志未酬魂却去，连珠妙语何处闻？

2015 年 10 月 2 日

[注释]

① 皎力文，是从西安石油大学走出去的陕西人民广播电台《长安夜话》节目主持人，艺名力闻，与我曾同事多年，不幸于国庆辞世，以诗为祭。

满庭芳 · 南山

万壑争流，千峰竞秀，老来何不魂倾？忍看前事，悲岁月无情。旧病新愁怎去，胸襟事，一气难平。终南望，风花雪月，千古自青青。

醒醒。人去也，诗书岁月，翰墨纵横。此生已匆匆，何患来生？山野之人老矣！却旧梦，笑对残灯。南山在，群峰秀美，容我醉时登。

2015 年 10 月 12 日

登高

最美是晚秋，风光夺人眸。

一朝临绝顶，何有万千愁？

2015 年 10 月 22 日

渔家傲·登唐王寨赏秋

风色终南秋更异，登临方会英雄意。

老笔天公谁可比？心未已，此情欲写终无计！

杖策孤征年少志，病来常对南山寺。

一梦卅年空有泪。多少事，一杯浊酒长安地。

2015 年 10 月 27 日

终南望雪

谁道青山已白头，终南雪后少人游。

时人但爱黄庐美，独把冰心向此留。

2015 年 11 月 1 日

雨霖铃·南山秋晚^①

　　秋深如熟，叶红山色，莫滞书屋。朝来寒意无顾，山川雨后，风情堪逐。满眼云烟飞落，若巫山图轴。李杜笔，难赋心情，恍入黄庐浅深谷。

　　新词未就归难速，岭间看，雪隐山林麓。风寒雾浓留步。谁道是，广寒仙宿。净业青灯，风雨千年，几人堪沐？寂寂晚钟送斜阳，底处当归足？

2015 年 11 月 4 日

[注释]

① 晚秋，微雨，游沣峪分水岭、净业寺，一日尽看雨雪斜阳。

夜读

　　万籁已无声，小床灯独明。

　　幽香书自发，豪气笔常生。

　　妙句多难得，奇峰不易行。

　　新诗方作就，灯火已三更。

2015 年 11 月 16 日

南乡子·冬日过黄峪寺①

风雨过千年，旧日唐宫化废田。自古英雄终寂寞。谁怜，杜宇声声乱草繁。

高处不胜寒，断壁残垣莫问禅。憔悴行人多少泪！无言，万里江山云海间。

2015 年 11 月 17 日

[注释]

① 相传此处为唐翠微宫旧地，乃太宗行宫，后为黄峪寺，亦为太宗晏驾之宫殿。早闻此寺，今终见之，不胜唏嘘，乃作此词，请方家正之。

冬初经黄峪沟访翠微宫（二首）

其一

天色忽阴又忽晴，溪边石径不分明。

高歌一曲动山色，惊出乱鸦三两声。

其二

谷中溯水行色匆，万树冬来已经风。

黄叶层层隐前路，不知何处是唐宫？

2015 年 11 月 21 日

卜算子·咏岩松^①

莫道此生难，何问身斜正？风雨千年叶更生，成就真情性。

一旦立山头，敢与风霜竞。纵不成材亦不争，风骨从来硬。

2015 年 11 月 22 日

[注释]

① 为福康盲人按摩店而作。

冬夜思

冬雨潇潇叶归尘，无端惹出故园心。

一生寥落思杜甫，半世浮沉叹唐寅。

老病不甘衰谢事，恩情谁似父母亲？

流年如水行将去，过尽寒来终是春。

2015 年 11 月 24 日

静养读书偶得（二首）

其一

塞翁失马知祸福，病里从容读旧书。

唐宋诗词三百首，学来能使心病除。

其二

几首粗诗病中吟，年来何故恋山林？

古人妙句千千万，总是一番山野心。

2015 年 11 月 25 日

鹧鸪天·雾霾随感

家住长安霾雾间，南山咫尺望来难。恍如身在瑶台上，犹恐相逢槐梦边。

尘满面，泪汍澜，心忧妖物愿天寒。何当一扫千重雾，还我当时水与山。

2015 年 12 月 2 日

百塔寺观银杏

千年古木何处寻？百塔寺中人似林。

万树叶衰成粪土，参天银杏正如金。

2015 年 11 月 28 日

哀思·悼冯萌献先生

痛闻兴平文坛领袖冯老先生萌献昨日仙去，以诗挽之。

千里阴云蔽冬日，半缘天意半缘君。

翠华山下留奇句，槐里①堂前赋宏文。

词曲有情传后世，文田无税任耕耘。

君今一去魂万里，李杜精神何处闻？

2015 年 12 月 6 日

[注释]

① 槐里乃兴平旧名。冯先生所作《兴平赋》被刻石于兴平，其所撰联于终南名山翠华山门前悬挂。其一生著述颇多，诗词歌赋戏剧小说报告文学无所不通，更长于楹联，是吾辈终生学习的楷模。

蝶恋花·再悼冯老先生萌献

槐里词人魂已去，何处堪寻？渭北春天树。恨水东流难止步，弄词忍对风兼雨。

自古贤才多苦楚，寂寞终生，脉脉情何诉？文也无声留肺腑，此心只系家乡土。

2015 年 12 月 8 日

038

蝶恋花·三悼冯老先生萌献

蝶恋花来花恋蝶，槐里书生，自与诗词结。曲赋文联皆涉猎，故园风物倾心血。

老病闲来身不歇，灯火三更，笑对人生诀。一缕芳魂诗数帖，从来后事人评说。

2015 年 12 月 8 日

无题（二）

犬子寒窗正用功，拙荆值夜行色匆。

痴人无事床上卧，读罢诗书听北风。

2015 年 12 月 11 日

菩萨蛮·寒夜

寒窗寂寞人无寐，老来多少伤心泪。

提笔莫书空，病身如弱童。

斯人楼上立，残月云间失。

何以解闲愁，诗书床畔留。

2015 年 12 月 18 日

桂枝香·冬登抱龙峪唐王寨

闲来似貉，与六七弟兄，纵情山岳。

风烈天寒无顾，雪中寻乐。

抱龙峪里唐王寨，更重登，随他冰渥。

借英雄胆，流庸人汗，舞廉颇槊。

念江山，从来磊落，

此寸许山巅，岂屯兵廓？

自古登临谁会，太宗心壑？

十三朝事随流水，旧长安已作新郭。

老来无用，登山解醉，莫思功错。

2015 年 12 月 25 日

蝶恋花·雪后游子午古道

山野之人心未老，三五同人，踏雪南山道。碧水蓝天云上鸟，诗情无限离离草。

古道千年南北要，长恨闲来，秋月春花俏。妃子香魂归缥缈，杜郎闲话何人考。

2015 年 12 月 27 日

2015 年末随感兼谢邓大夫

一病年头到年尾，西医瞧罢问中医。

养身未必非药石，修道如何藉诗词。

野鹤闲云常在眼，青山绿水自相随。

明朝又是新日月，散尽愁心对春枝。

2015 年 12 月 31 日

祈祷

新朋旧友同祝福，岁岁年年少烦忧。

快意人生唐李白，乐随荣辱鲁孔丘。

心安造化看青眼，思逐浮沉空白头。

事业如何多少够，成功未必几春秋。

2015 年 12 月 31 日

观天

霾雾重重几时休,长安不见使人愁。

青山绿水何处有,造化弄人人自囚。

2016 年 1 月 5 日

朔风

霾雾重重遮日月,无时不唤西北风。

携来雨雪长空舞,直使人间得大同。

2016 年 1 月 11 日

赏雪五道梁

雪后重登五道梁,群峰尽着素衣裳。

天开画卷千万里,一坐寒风送夕阳。

2016 年 1 月 25 日

学诗词三年咏怀二百五十字

长安流落客，槐里失家儿。

飘飘何所似，欲依何有枝。

半生忽已过，残梦伤别离。

不求紫衣贵，唯愿身披缁。

生来好文字，老去恋诗词。

卅岁学格律，三年愁青丝。

白首更无悔，何言夕阳迟。

吟诗不识韵，无以对先师。

八斗曹子建，七步可成诗。

谪仙青莲意，千古一人唯。

诗史杜工部，声名谁可追！

文辞终有味，鸿志岂能移？

志已存高远，行恒贵有持。

寒来又暑往，甘苦孰能知。

奇句何处得，夜半无人时。

多少生死别，都入断肠辞。

听风心已醉，对月泪空垂。

岁月难回逆，身心苦且疲。

书山何有路，学海自无涯。

宁为金玉碎，不做一行尸。

老病归天道，诗词胜药医。

终南千古秀，风物万年遗。

山水常入眼，情思自相随。

余生快心事，长做岭南狸。

落寞风骚者，寂寥一书痴。

2016 年 1 月 22 日

044

无题（三）

卢老师家的花儿盛开，为之赋诗一首

卢兄素谦逊，不独书艺妙。

冬日令花开，百花皆奉诏。

深山沃土来，何惧朔风峭。

热血育李桃，丹心自凝曜。

2016 年 1 月 19 日

祭

纸钱烧罢月痕残，不觉夜深衣正单。

怅望苍天空有恨，伤心往事更无安。

含悲杜宇和血泣，断尾焦桐随泪弹。

冬尽春来年又近，悠悠此思正漫漫。

2016 年 2 月 4 日

祝福

初一凌晨看到很多亲朋短信祝福，激动不已，赋诗为复并祝。

窗外炮声起凡尘，机中消息读来亲。

相亲相近天下梦，自去自来人世春。

五内不寒缘短信，三生何幸遇高邻。

拙诗一首酬君意，自此年年乐无垠。

2016 年 2 月 8 日

晨课偶得

一支残笔写春秋，废纸千张墨香收。
明月若能长相伴，人生何处不风流。

2016 年 2 月 23 日

丙申正月十五日晨

046

无题（四）

悲一高中才子跳楼而感。

年少成名却成灾，柴扉紧锁人未来。
青山绿水天然药，何必孤芳寂寞开。

2016 年 2 月 25 日

咏石油大学柳（二）

多情唯有柳，春暖最先知。

一夜东风过，离离出翠丝。

2016 年 3 月 1 日

回乡吊姨母

翠柳已成行，春联犹在墙。

和风催喜雨，浊泪赴亲丧。

老病卧床榻，春秋对凄凉。

一朝离尘世，何必痛肝肠。

2016 年 3 月 10 日

酒泉子·送别姨母

柔柳色轻，偏被朔风吹拂。

意沉沉，声咽咽，别离情。

袖长何拭泪盈盈，听唢呐声声切。

有谁知，春二月，恨难平。

2016 年 3 月 16 日

习字偶感

书道艰难不畏难，小窗常对月光寒。

一生心事归何处，满腹豪情随墨漫。

岁月无端增白发，诗词有味遣愁肝。

愁怀纵是高千丈，笔走龙蛇天地宽。

2016 年 3 月 22 日

雨望

烟雨蒙蒙思故乡，双亲默默卧寒床。

穷家虽可遮风雨，游子安能守四方？

漂泊一生难孝子，诗文三句可人肠。

此生合已长安老，寸草何时报春阳？

2016 年 3 月 25 日

忆去年为郑女兄作《赵中别》诗随感

去年今日此诗生，非是全因郑女兄。

多少曾经求学事，一时尽在眼前行。

五陵黄土荒皆草，三月长安香满城。

对酒莫辞图一醉，赏花何必待天晴。

2016 年 4 月 8 日

登山遇雨而作

山中欲赏白鹃梅，风雨昨宵春起雷。

泥径艰辛浑不怕，浮生难得乐一回。

归乡与父折槐花

槐里多梓桑，此花更是香。

辛勤唯老父，树上为儿郎。

诗悼陈公忠实

诸事缠身心未平，一闻噩耗泪纵横。

无端疾病终人寿，有幸诗文续古声。

忠厚一生仁者范，汗青永录圣贤名。

长安自是多才俊，白鹿原中草色明。

2016 年 4 月 29 日和泪而作

蝶恋花·送别陈公忠实

　　芳草萋萋春且暮，灞柳依依，何处留飞絮。莫道此愁已抛去，年年随柳还如故。

　　原下曾经君久住，白鹿难寻，似与君同侣。身后生前多少誉，任人评说随风妒。

2016 年 5 月 5 日

学诗词格律三年雨夜有感

　　终知格律最伤神，羞问今人问古人。

　　桃杏三开花已老，诗词百首韵常新。

　　潇潇窗外中宵雨，寞寞床间卌岁身。

　　信手拈来凭纸笔，吟成黯黯泪洇巾。

2016 年 5 月 15 日子夜

登翠北峰

翠北峰①头坐翠微，青山雨后客来稀。

云间高塔连天地，身后游人说是非。

锦雉穿花相戏逐，荒村遥望一眉挥。

管他千古兴废事，采得香椿御风归。

2016 年 5 月 17 日

[注释]

① 黄峪寺村传闻是太宗当年避暑之翠微宫，太宗驾崩后宫作寺，寺后成村。翠北峰在黄峪寺村东，峰顶建有信号塔。

三上尖山

雨后尖山路难行，翻山越岭自从容。

万千险阻终须过，无限风光在此峰。

2016 年 5 月 29 日

乘醉习字偶为

甘作书田一苦僧，挥毫趁酒对孤灯。

雨风窗外三更急，日夜眉头霜色增。

破楮不须明主弃，冰心只合玉壶凝。

笔残无损临池意，林小何曾困飞鹏？

2016 年 6 月 3 日

偶占一绝①

学书无日不临池，甘苦情怀几人知？

独爱柳公风骨妙，渐迷渐悟渐成痴。

2016 年 6 月 5 日

[注释]

① 此诗有盗用之句，请前贤恕罪。

以钢笔临习古帖有感

铁笔千开合，梅花四枯荣。

寒丝侵两鬓，冷月伴孤萍。

书技难精进，闲情可志铭。

老来无所事，夜读也囊萤。

2016 年 6 月 13 日

夏夜吟

难得浮生恋书香，读来不觉夜深长。

三更灯火三伏暑，无碍吾心入清凉。

2016 年 6 月 28 日

咏咸阳湖公园牡丹（与曹女士合作）

春来花草芬芳竞，独有牡丹犹未妍。

非是天姿颜态美，焉能国色帝王宣。

娇容一出百花妒，寂寞千年万人怜。

何必辛劳洛阳远，咸阳湖畔且流连。

2015 年 4 月 13 日

夏夜思

余生更何事，宁负年少志。

已悔读书迟，何谈白发恣？

诗文慰寂寥，灯烛不相弃。

若使无愧心，千金一刻值！

2016 年 7 月 14 日

诗谢冯师①

一别恩师三十年，寸言未立愧难眠。

劳师有问双泪下，恨我无才独魂牵。

立雪程门多故事，题名雁塔少新篇。

无情岁月催人老，有幸诗词作闲田。

2016 年 7 月 15 日

[注释]

① 突接冯鹏凯先生微信及电话，谈及当年先生在兴平南位高级中学初中部创立新芽文学社，为我辈播撒文学火种诸事，使我受用一生。有感于斯，和泪而作。

六州歌头·赴井冈山学习

长安乍别，魂已向山林。红旗在，青松劲，盼身临。雨霖霖。千里迢迢路，一天也，皆来到。根据地，朱毛迹，万人寻。多少英雄，血染山冈土，土已成金。使王孙到此，便铁石胸襟，泪自难禁，湿衣裙。

国家之难，谁将赴？男儿志，九天音。为百姓，谋幸福，弃钗簪，舍书琴。革命平生梦，星星火，一根芯。风雷动，天地变，敌终擒。今日同来此处，学前辈，壮志重吟。石油人必是，仍一往情深，不忘初心。

2016 年 7 月 20 日夜于井冈山

鹤冲天·学柳永词咏怀

更深露重，对烛心旌动。诗待十年工，虽屈宋？未了胸中事，何处遣余勇？文辞堪放纵，聊慰平生，莫笑白头情种。

三年一梦，甘入诗书牢冢。格律也非难，终须懂！忍使青春有悔，霜侵鬓，如何痛？前生成一讽，此后余生，且把柳词闲诵。

2016 年 8 月 1 日

夜吟①

两天填一词，甘苦几人知？
长夜难成寐，诗人是也悲？

2016 年 8 月 2 日

[注释]

① 学填鹤冲天词随感。

闻张熙凤老师得外孙

为人父母一生忙，子女成人喜添郎。

不计辛劳不图报，白头无悔是爹娘。

2016 年 8 月 3 日

夏日学诗偶得

诗富三千首，何如一纹银？

躬行陶杜事，无悔做孤臣。

2016 年 8 月 4 日

归思

男儿守四方，故土有高堂。

相隔千万里，无时不牵肠。

2016 年 8 月 7 日

六州歌头·为中国女排战胜巴西女排而作

巴西奥运，前进路难行。家国梦，英雄志，女排情，正纵横。三十年前事，敢拼搏，巾帼在，五连冠，群雄灭，国之荣。吾正少年，心系排球赛，最爱郎平。振国人豪气，唯有女排能。战鼓声声，自魂倾。

卅年如梦，身虽老，心未老，念雄鹰。魏秋月，徐云丽，带新兵，小朱婷。斗志方高起，三连胜，待人争。千秋业，休言弃，付平生。更有神州父老，举头望，旗帜重升。十亿人同力，忠愤气填膺，守我长城。

2016 年 8 月 17 日

情结

徽宣四尺任纵横，满纸云烟笔下生。

三十年来多少事，此时尽是女排情。

2016 年 8 月 22 日

玉华宫行

闲人几个湖边走，暮色清风两悠悠。

若有三杯浮蚁在，人生无处不风流。

2016 年 8 月 22 日

闲语

香烟在手茶在口，无事闲来作蠹鱼。

窗外潇潇秋雨落，天凉正好读诗书。

2016 年 8 月 25 日

观冯师与众师兄诗词唱和

从来槐里多骚客，唱和诗词情更高。

桃李已然满天下，师徒雅趣胜三曹。

2016 年 8 月 25 日

高楼

林林大厦何人建，多少民工舍家远？

何怨地来何怨天，严寒酷暑汗千万！

2016 年 9 月 3 日

随语

今日忙来昨日闲，阴晴恰是两重天。

清秋自古多风雨，一帖诗书作薄田。

2016 年 9 月 6 日

无题（五）

满城风雨近中秋，无遣乡心强说愁。

身在长安思故土，高楼簇簇遮望眸。

2016 年 9 月 12 日

秋夜

秋风秋雨动秋心，提笔难将佳句寻。

黄叶无端惹情绪，青山有意留客吟。

红尘老却凌云志，白发新生素玉针。

搔首推敲少陵味，三更无寐雨如琴。

2016 年 10 月 11 日

观张英琦先生影展随感

万水千山留足迹，心无挂碍远嚣尘。

若非慧眼观天下，作品岂能惊世人？

2016 年 10 月 14 日

咏山中红叶

莫放晚秋佳日过，山中草木空零落。

红颜自是怨西风，霜后妆容最先薄。

2016 年 10 月 29 日

青玉案·唐王寨赏秋

逢秋自古多悲语。况头白，芳华去。回首半生多少悟。终南红叶，
一经风雨，最是销魂处。

浮生已把春山负，莫把秋山又相拒。翠鸟声声留客驻，云涛林海，
神仙也妒，何必言归路。

2016 年 10 月 18 日

和三师兄①

前生如梦难回首，一卧寒衾念古今。
子欲养而亲不待，奈何儿女几多心。

2016 年 10 月 31 日

[注释]

① 三师兄：沙喜明兄戏称。

告祖

送罢寒衣思好梦，三更无寐薄衾中。

浮生已是飘零客，莫怨化钱西又东。

2016 年 10 月 31 日

观驴友鳌太穿越风景照片

064

太白秋来风色异，天蓝云淡谁不迷。

眼前好景难描绘，脚下恨无溯云梯。

2016 年 11 月 27 日

咏长安初雪①

玉人何处舞银龙，飞絮连天隐娇容。

尽道长安霾意重，明朝谁个有心慵。

2016 年 11 月 27 日

[注释]

① 观众人逢雪大发诗兴，山人也来凑个热闹。

雪夜品蔡襄诗帖

书无趣味终末技，诗贵情怀出天真。

夜读君谟①常有泪，千秋万代一名臣。

2016 年 11 月 27 日

[注释]

①君谟为蔡公字。

长相思·初冬登山（二首）

其一

踏一回，爱一回，身在青山何必归，管他华发催。

悲一杯，欢一杯，有酒当须微醉随，斯情道与谁？

其二

远一分，近一分，我恋青山山恋云，此情皆自真。

酒一斤，水一斤，一入愁肠人已醺，觉知天地亲。

2016 年 11 月 27 日

赠孙先生①

先生临别索诗篇，纵有千言欲道难。

同是他乡沦落客，如今更隔万重峦。

且由纸笔言旧事，休对月星话心寒。

岁月无情双染鬓，蓬山此去莫凭栏。

2016 年 11 月 29 日子夜

[注释]

① 孙彩萍先生是吾大学英文老师，赴美游学，以此诗为赠。

定风波·寒夜吟

偷得浮生半日闲，诗书常伴自悠然。纵有纳兰心事处，何惧，转头来万事如烟。

雪月风花多变故，无怒，一词吟就可酣眠。四十五年流水去，何诉，把千愁尽向诗间。

2016 年 12 月 1 日

晨课随吟

书法不得了，使人忘昏晓。

三餐均可废，习字岂能少！

灯暗风更寒，笔残志难扰。

老来守春秋，万事归缥缈。

2016 年 12 月 12 日

长安雾霾

十人九个愁，霾雾几时休？

偷得闲暇后，山中觅清流。

2016 年 12 月 15 日

青灯吟（二首）

兼怀三年学字求诗生涯

灯下生涯事，他人焉得知。

南窗堪寄傲，东壁苦求诗。

室小能容膝，墨香自沁脾。

龙虫非小技，岁月笔中移。

灯前搜妙句，笔下会先贤。

但觉工夫少，不知时日迁。

青丝成白发，松雪①更诚悬②。

诸事浑欲忘，无之则无眠。

2016 年 12 月 16 日

[注释]

① 赵孟頫号松雪道人。

② 柳公权字诚悬。

长相思·山中避霾（三首）

其一

攀一山，又一山，不怕山高路又难，九牛二虎团。

老也欢，幼也欢，奇妙风光不可言，明朝还要翻。

其二

汗已流，血已流，团结一心争上游，山中享自由。

你也牛，我也牛，越岭翻山情更悠，何来万古愁。

其三

气也佳，色也佳，人到山中不白来，青山何有霾？

你悠哉，我悠哉，一望云天怀自开，此情难去猜。

2016 年 12 月 18 日

岁末随语

二〇一六行将去，一梦华胥未可知。

觅水寻山闲里事，吟诗习字老来痴。

枕边多是诗兼帖，笔下常书喜与悲。

望断天涯唯喟叹，风流谁似王国维。

2016 年 12 月 23 日

题秦金祥 2016 年旅游总结

秦兄一六太辉煌，踏遍青山鉴风光。

更有真情成妙镜，惹人艳羡惹人狂。

2016 年 12 月 29 日

喜雪

当年遇雪人微喜，今日雪来人尽狂。

霾雾重重天日暗，苍生谁不念霞光？

2017 年 1 月 6 日

忆秦娥·怜父

思乡切，可怜严父头如雪。

头如雪，壮心依旧，不辞劳掇。

平生多事千帆越，铮铮铁骨肝肠热。

肝肠热，儿孙榜样，此风难绝。

2017 年 1 月 6 日

昨夜惊梦

长夜无端人不眠，信知诞我在今天。

慈言庭训犹在耳，死别生离廿六年。

欲见有时唯梦际，谁知无路到云边。

且凭文字聊为祭，诗罢无言咒逝川。

2017 年 1 月 8 日

肖琼先生心理微课观后感

舍生取义圣贤言，举手之劳做来难。

事不关吾皆挂起，事如关己却心寒。

肖君美意念天下，读者谁人有侠肝。

大爱无言常记诵，届时壁上莫闲观。

2017 年 1 月 10 日

观窦文海先生画作

千年岁月千年梦，万里江山万里情。

爱作笔来心作墨，画中古意自天成。

2017 年 2 月 7 日

初春驱车赴秦岭东梁

长安霾意重，雪岭气新清。

山径阴阳变，人间冷暖生。

千年凝一色，百里见时鸣。

忽念陶翁事，归飞体不轻。

2017 年 2 月 6 日

早春读少陵诗有怀

闲来重读杜公诗，一样文辞别样思。

灯火三更随兴致，诗书半卷任欢悲。

浮生长是花间客，所念无非漱玉词。

晓镜何愁颜色改，夜吟唯恐句无奇。

2017 年 2 月 10 日

丁酉正月十八夜学诗偶得

一入诗门深似海，此中滋味若黄连。

遣词联句凝心血，触景生情泪万千。

残纸枯毫求古韵，孤灯长夜伴无眠。

世间多少悲欢事，都作诗文出枕边。

2017 年 2 月 15 日

研读《诗经》随感

槐里词人空自诩,识文断句腹中虚。

古来典籍如星宿,当以《诗经》作权舆。

2017 年 3 月 24 日

念奴娇·春登唐王寨①

盼春来久,及春来却怯,闲愁何拂。

相约故人山谷里,拟把幽心同说。

不意登高,渐行渐远,移步林深阔。

胸生豪气,越群峰势如决。

随眼望八方低,风云一览,画卷天开脱。

几处乱鸣鸦隔树,似笑我登临切。

一脉终南,欣欣生意,俟一山春叶。

风情千种,叹平生梦无缺。

2017 年 3 月 8 日

[注释]

① 适逢惊蛰,与卢兄及余槐里同窗滕兄伉俪赴终南山抱龙峪访春,溯流而上,及溪尽处上梁,后又沿梁一路北行,翻数座山峰,历百难千险,终登唐王寨。此亦为余第六次登此山峰也。归后试填斯词,不甚达意,聊供方家一哂耳。

春节重临柳公权《玄秘塔》后得

独爱柳公书，临池自荷锄。

朝朝思不已，耿耿意何如。

寒夜书中醉，青丝月下疏。

所收虽半斗，幸使日无虚。

2017 年 2 月 25 日

长安春雨

城中春雨落，山里乱琼多。

同在长安地，迥乎川与坡。

双飞如有翼，一览此山河。

徒羡幽居者，披蓑诵佛歌。

2017 年 3 月 13 日

新校区春咏

校园春色新，百草已茵茵。

更有群蜂舞，何辞探蜜辛。

2017 年 3 月 30 日

浣溪沙·为亡母扫墓

一句新词泪一挥，孤坟枯草乱心陂。

春深乡野漫芳菲。

扫墓十年三两次，伤春一梦百千回。

茔头新土几曾培？

2017 年 3 月 29 日

三月初三夜过石油大学户县新校区

一弯新月半天星，两耳轻风过小亭。

不夜明堂忙学子，长春华府醉孤萍。

十年田地为庠序，百树玉兰满院庭。

渭水青山南与北，涝陂侧畔正芳馨。

2017 年 3 月 30 日夜

咏山中梨花

山中春色不输城，带雨梨花阳岭生。

纵使暗香人莫识，无须凡鸟弄啼鸣。

2017 年 4 月 9 日

暮春随感

早知习字可安神，何必当时酒肉勤。

不惑之年空不惑，无闻凡辈自无闻。

余生何幸成书蠹，壮志高须入碧云。

布谷声声春又晚，砚田墨海再挥斤。

2017 年 4 月 12 日

晚春遇雨

长安春暮雨，无语送春归。随望皆苍翠，问花何处飞。

2017 年 4 月 24 日

诗挽杨洁导演

西游故事尽人看，大圣美名传万年。

多少顽童睛不转，不思茶饭守机前。

弘扬道义千古事，固守情操家国牵。

佛界重登今自去，经书残卷待君全。

2017 年 4 月 17 日

满庭芳·春过黄峪寺村①

疏淡风云，有无山色，眼前何处黄门。翠微如故，无避暑皇尊。
不理兴亡破事，花依旧，开落纷纷。千年过，浓香日益，锦绣锁荒村。

留魂，云去也，蝉声未解，魂魄犹分。客游已如梭，花影争存。
山野之人老矣！众香里，长对春痕。鸦啼远，长安北望，更鼓近黄昏。

2017 年 4 月 26 日

［注释］

① 春过黄峪寺村，赏白鹃梅。步秦少游《满庭芳·山抹微云》韵。

咏羊肉泡

牛羊堂上肉，犹带草原香；

面饼盘中色，自留田野光。

清真生厚味，今古煮浓汤。

更与高朋坐，百愁浑欲忘。

2017 年 5 月 2 日

呓语

一觉醒来三点多，方知自己在床窝。

人生如隙转头过，莫使光阴度蹉跎。

世上是非皆自扰，心中安静奈其何。

但将暇日来修业，成器玉须千百磨。

2017 年 5 月 6 日

鄂邑校区雨后随感

霁后南山着意青，遥看素练与云平。

此时风景直须画，耳畔又来读书声。

2017 年 5 月 23 日

仿作①

弄墨舞文三四年，此中行乐此中眠。

诗书不是寻花事，翰墨何须换酒钱。

兰芷有心如眷属，浮生无事即神仙。

红尘隔断三千里，难舍砚前方寸天。

2017 年 6 月 1 日

[注释]

① 适逢六一儿童节，拜读唐寅《醉舞狂歌诗》，仿诗步韵，聊以自娱。

诗谢卢兄赠四君子图

朝思屈子兰，夕慕陶翁菊。

冬少孤山梅，夏无东坡竹。

浮生远志业，濒老新书屋。

长揖谢卢兄，四图堪饱腹。

2017 年 6 月 16 日

夏日重登唐王寨

七上唐王寨，荡胸层云在。

尖山远悠然，痴心终不悔。

2017 年 6 月 25 日

水龙吟·旧居别

得新居喜眉梢，离茅屋一声鹡鸰。

十年一瞬，室虽陋也，兰香自绕。

翰墨闻鸡，诗文清梦，快哉昏晓。

笑鬓间乌发，潜身何处，空留我，蹉跎了。

烟雨平生无恼，念南山，不因人老。

盆残作砚，新报成纸，苦参玄妙。

独守寒窗，醉心笔墨，一番怀抱。

纵乔迁广厦，别般滋味，又如春草。

2017 年 6 月 28 日

夏日随吟

老来不顾光阴晚，闲对古人陶杜辛。

书读妙时常击股，画如诗处可通神。

鬓边白发红尘就，笔下乾坤日月新。

烟雨平生浑不觉，拙文几句效唐寅。

2017 年 7 月 6 日

新居

前世已尔尔，余生不自哀。

将老得新屋，屋高有阔台。

推窗紫气入，放眼南山来。

虚室何必大，幽心无须猜。

所植多兰草，图写唯竹梅。

清泉出高岭，香茶折古槐。

鸡谈聚高朋，闲酌只一杯。

往往眠月下，时时醉云开。

闲来习文字，非是岁月催。

对书壁独面，吟诗笔托腮。

2017 年 7 月 13 日

"人间仙境"农家乐竹林小憩后得句（二首）

其一

长安六月天，消夏在泉边。

石峡沟中卧，山风竹下眠。

柴门犬无吠，幽地人有怜。

仙境觅何处，欲归心若牵。

其二

独坐密林间，闲看竹外天。

山风凉意少，幸自在溪边。

2017 年 7 月 15 日

读陶渊明诗全集有感

闲来三四天，黾勉诗文前。

古字未尽识，词意尚须研。

奇文蕴至理，读罢又何言。

鹏鸟困旧林，蟠龙潜故渊。

纵有云天志，终向丘山眠。

无以遣吾怀，且进一杯先。

2017 年 7 月 24 日

暑夜学字有怀^①

寂寞书斋里，挥毫独苦思。

虽仇松雪字，更恨少陵诗。

已被诗书误，遑论日月迟。

暑来常秉烛，无负此佳期。

2017 年 8 月 1 日

[注释]

① 步少陵《冬日有怀李白》韵，续貂耳。

孟秋闲情偶寄

浮生自在是清欢，挥洒纵横笔墨间。

如学田家言稼穑，拙诗几句也开颜。

2017 年 8 月 20 日

与计 93 学生毕业二十年聚后遣怀

相失二十年，各自天一边。

今终重得见，何止千万言。

人生若蓬萍，参商寻常看。

幸有马化腾，天涯一信牵。

当年风流子，今日谱新篇。

事业何必大，家和人平安。

相见恨时短，掬泪话从前。

多少伤心事，说来成笑谈。

青春如烟去，深情师生连。

曾经寒门子，已成人中坚。

未忘儿时志，报国心拳拳。

虽是师徒分，其实弟兄般。

风雨同沐浴，琴瑟共一弦。

千里来相聚，意在杯中悬。

长安秋风重，难隔石油缘。

白发与日增，此情当更鲜。

2017 年 8 月 14 日

秋夜

秋雨潇潇正入琴，漫将佳句何处寻？

衣单怎敌风来晚，情热无须失本心。

闲里诗书长烛泪，案前翰墨合青衿。

转头万事空成故，何不山林一啸吟？

2017 年 9 月 1 日

赠兴平书协某君

槐里书坛才子多，古风延续作新歌。

残灯枯笔甘寂寞，冷雨寒窗任蹉跎。

渭水东流终入海，莽原西出自成阿。

笑看华发繁双鬓，且学黄庭换白鹅。

2017 年 9 月 4 日

长相思·学诗词有感

诗未央，词未央，甘为诗词心欲狂，遑论鬓已霜。

情未央，意未央，一句吟成泪两行，几人解我肠？

2017 年 9 月 24 日

采栗

悠悠不舍南山事，粒粒无端摄人魂。

秋实春华真意得，山居幽趣古风存。

坡间红果牵衣服，林下青冥入瞬昏。

荆棘如针难顾及，归来笑数臂边痕。

2017 年 9 月 24 日

戏作雨中采栗

栗儿山里珍，思之舌生津。

中秋无别事，劳苦似山民。

风雨山里去，只缘此味真。

险坡寻两果，汗雨透三轮。

十指尽生刺，一心奉双亲。

土泥染衣裤，草木牵鞋巾。

莫道风雨急，低头手足频。

此中无穷乐，童趣自未泯。

归来腰腿痛，不悔采栗人！

明日还须去，任他车辚辚。

2017 年 10 月 3 日

酒后对雨

霏霏秋雨多，徒奈老天何？

千水惊起浪，万山翠堆螺。

长安寒意更，残酒味平和。

秋色窗前落，暮吟雨如歌。

2017 年 10 月 11 日

终南遇雨

霏霏秋雨天倍凉，谁为青山巧梳妆？

一袭素纱依翠黛，万顷碧玉点朱黄。

涨池秋水声如诉，野望行人思未央。

故土长安成一府，归程车驾半更长。

2017 年 10 月 11 日

雨思

淫雨肥众水，秋风瘦群阿。

放歌须纵酒，野望更披蓑。

百味红尘老，一何白发多。

前生虚已度，余岁待如何？

2017 年 10 月 16 日

赠南志渊兄伉俪

南君贤伉俪，举案更齐眉。

才思追屈氏，知音比子期。

诗词赋联袂，连理在一枝。

生死不相弃，临风秋日迟。

2017 年 10 月 23 日

晨兴偶得

一张旧纸一挥毫，雅兴常如泰岳高。

枯笔小窗寻志趣，古诗残月会风骚。

休教滋味来翰墨，未许沉沦入蓬蒿。

秋雨潇潇寒意更，痴心切切不辞劳。

2017 年 10 月 25 日

学习十九大报告信笔

问君何故泪易生，字里行间肺腑声。

伟业已堪欧美忌，宏图更使国人惊。

初心不忘豪情在，壮志当酬责任明。

十亿神州同勠力，振兴民族享太平。

2017 年 10 月 25 日

周五日暮雨重，推窗南望终南有怀

秋来岂可无诗兴，雨锁寒窗心未宁。

百尺屋高云在眼，三杯酒浊梦难停。

千山画色何婉转，一夜秋风自娉婷。

独卧薄衾哀日暮，抬头忽见月边星。

2017 年 10 月 27 日

咏菊

人将诗句入秋菊，我把黄花当药服。

医却乡愁又诗愁，更入肝肠作糜粥。

2017 年 10 月 28 日

三省斋偶得

人生苦极是孤独，无事生非结累郁。

唯有诗书可医愚，养心开怀自康复。

2017 年 11 月 11 日

抱龙峪赏秋兼捡拾野栗

秋山无赖最宜人，苍翠清新畅我身。

更有山珍君自取，汗来哪顾衣上尘。

2017 年 11 月 12 日

杜陵登高

杜陵秋已晚，松柏色如绸。

今日长安土，当年帝后丘。

霍王兴废事，汉魏几时休？

野枣无情物，不知春与秋。

2017 年 11 月 12 日

诗赞张倩霞夫妇摄影作品

心中有诗兴，无处不风情。

常羡张伉俪，春秋画里行。

2017 年 11 月 12 日

闲话长安

十三朝是非难辨，京兆万年盛名攒。

烟雨楼台迁客梦，几人诗不道长安？

2017 年 11 月 14 日晨于三省斋

读诗偶得

腹中才气少三分，赋菊诗兰总无根。

斗室闲来常坐独，奇诗偶得每思昏。

不求辞赋当时显，但使胸襟古意存。

曦上静棜浑不觉，推敲只为雅无痕。

2017 年 11 月 14 日晨于三省斋

又逢十月初一

天色寒欲雪，心头悲难绝。寒衣送处无，惆怅谁与说？

四时皆有泪，此刻偏成咽。北风更更急，黄叶丝丝裂。

2017 年 11 月 18 日

丁酉冬日有怀

头上千丝白，胸中万壑空。

闲来寻纸笔，梦里也豪雄。

枚贾文章老，屈苏山水中。

北风吹又是，寂寞谁与同？

2017 年 11 月 17 日晨于三省斋

冬夜有怀

一张白纸数行墨，春夏秋冬写默默。

不觉热来不觉寒，几忘愁兮几忘食。

闲来无事青灯下，苦里行乐白发蚀。

莫笑人痴无大志，书斋一刻千金值。

2017 年 11 月 17 日晨于三省斋

寒夜习字得句

闲来唯一事，对帖好临池。

不觉三年过，恍如一梦期。

当时明月在，今日鬓毛衰。

老大哪堪悔，初心未肯移。

2017 年 11 月 22 日子夜于三省斋

冬日游高家大院

院外喧嚣院内除，高家府第朗街衢。

楹文字字琳琅缀，楼阁年年黼黻殊。

十里春风诸事忘，满怀愁绪一时无。

曾经万里求兰若，自此书香养腐躯。

2017 年 11 月 26 日于三省斋

冬日晨兴

寒窗只得数年功，写竹诗梅恐技穷。

四季无端成墨客，三生有幸作书虫。

前贤往圣堆坟典，斗室幽窗坐雨风。

秋月春花等闲看，此番情味谁与同。

2017 年 12 月 2 日于三省斋

丁酉冬日子夜遣兴

习字四年功未竟，读诗千遍意分明。

诗书自是欢心事，岁月何须好爵萦。

踌躇三更随兴致，徘徊霜鬓见诗情。

迂儒月下嚼文字，倦客枕边眠未成。

2017 年 12 月 5 日于三省斋

无题（六）

独守寒窗何寂寞，朝临松雪暮公权。

斟来残墨如陈酿，觅得奇词续古弦。

不作一诗难入梦，搜来三句不成欢。

床头检点闲书籍，更取杜陶重细研。

2017 年 12 月 7 日晨　适逢大雪节气　于三省斋

三省斋杂感

三省斋中三省人，一番风雨一番新。

寒窗独对甘寂寞，枯笔行来醉心身。

前世蹉跎空往事，余生黾勉做孤臣。

四时云水常入梦，一望终南思无尘。

2017 年 12 月 8 日夜于三省斋

寒夜读诗杂感

老来不悔光阴晚，除却诗书何以为？

白发青灯空肺腑，无端有幸醉迷离。

月明晶晶家慈眼，风送声声严父辞。

憔悴支离无所惧，三更聊解腹中饥。

2017 年 12 月 10 日夜于三省斋

100

双十二日感张杨事有怀

汉贤皆作古，旧事几人知？

杨寝长安地，张终夏威夷。

春秋持大义，气节未曾亏。

又是北风紧，九歌无就时。

2017 年 12 月 12 日于办公室

丁酉冬至日与老友相聚有思

友谊连绵十五年，始知相识非偶然。

缘来千里知管鲍，情去三生隔地天。

初见依稀迷晓梦，重逢沐浴续新篇。

此情何必成追忆，冬至之期杯举先。

2017 年 12 月 22 日于办公室

悼吴新民兄

闻兄久疾久思看，噩耗传来泪潸然。

羽正垂天偏折翅，声飞四海遽夭弦。

妻儿今日离君苦，朋辈一时别梦缠。

世事无常空有恨，唯将哀思烧纸钱。

2017 年 12 月 23 日于三省斋

冬日登山有怀

冬山自比春山好，筋骨嶙峋肃清高。

外着谦谦君子服，内涵耿耿士人豪。

萧条更见真风度，霜雪裁成素帽袍。

气象万千谁主宰，北风十月秉天刀。

2017 年 12 月 24 日于三省斋

晨课遣兴

窗外风犹五更寒，指间笔正随墨残。

兴来不觉诗书苦，醉里但知天地宽。

诸事无成难自弃，余生有梦且寻欢。

春花秋月两三酒，白发青灯朝暮兰。

2017 年 12 月 27 日晨于三省斋

四年学诗有悟

格律峰高路更艰，四年求学泪斑斑。

少陵诗读三百首，已恨此山难与攀。

2017 年 12 月 31 日

岁末杂感

闲来独爱当年事，习字读书常入痴。

些许功夫空自负，两三灯火向人垂。

丑诗拙句难称意，驽马丹心未敢欺。

不觉四时年龠尽，北风萧瑟减青丝。

2017 年 12 月 31 日

泾阳吴家大院

孙氏江山赖公瑾，吴门香火凭妇谋。

千秋功业何须问，女子安吴偏姓周。

2018 年 1 月 1 日于泾阳吴家大院

读南志渊兄文章得句

绝妙文章出玉潭[①]，其词其句旧曾谙。

老来偏忆儿时事，随性又将童趣谈。

百味人生甘亦苦，十年漂泊北犹南。

同宗同姓同父子，一梓一桑一蝉蚕。

2018 年 1 月 4 日

[注释]

① 碧玉潭是南兄 QQ 空间名称，故有玉潭之说。

对雪

自在斋中堪独坐，雪于窗外漫天驰。

推窗请入诗笺没，不是人间烟火诗。

老却冯唐尚思饭，未封李广不凝眉。

穷途欲哭谁与共，愁思飞琼各无涯。

2018 年 1 月 7 日于三省斋

雪夜狂语

无书何晓百年事，有酒自销千古愁。

长夜漫漫难一梦，雪花点点没双眸。

凭栏欲语人谁在，提笔乱题风不休。

醒醉两非灯与我，书生意气早相投。

还乡为父庆寿感怀

百里去来只半餐，一杯茶酒奉尊前。

愚儿此世无他愿，唯欲高堂寿长延。

富贵荣华终似土，仁和康健自如天。

两全忠孝难千古，未若今生孝以先。

说愁

十诗九说愁，亘古不曾休。

百日无双似，千人有万忧。

夕阳方欲落，明月已当头。

世事难言尽，壮心犹未秋。

2018 年 1 月 12 日晨

106

杂感

人见已呼吾老猿，星星如雪鬓间繁。

是非功过难回首，学问诗书未入门。

词曲只堪风花娱，门庭何有车马喧。

漫将心事诗笺落，聊作风流一段魂。

2018 年 1 月 12 日晨

坐思

三省斋中坐春秋，静观窗外月风流。

前生漫道蹉跎梦，后世莫将遗恨收。

山水诗书成志业，田园茶酒乐沉浮。

轮回造化何须问，天地终为一轻沤。

2018 年 1 月 13 日晨于三省斋

习诗夜得

辗转床东反侧西，诗书为伴衣作妻。

少陵肯与论肺腑，太白不能较高低。

渭水奔流黄鹤远，古人才思彩云齐。

三更灯火何曾灭，直到五更鸡又啼。

2018 年 1 月 17 日夜于榻间

学书诗偶得

闲来正是读书时，窗下独思常入痴。

临帖易知池水浅，嚼诗才得古人皮。

风寒不碍魂驰骋，志远何干位高卑。

缓带轻裘情自晏，唯求暗室不心亏。

2018 年 1 月 19 日于办公室

108

五更联句

夜来惊起浮生梦，秉烛诗书风五更。

寒色侵栏星月杳，年关将近灯火明。

人逢圣治精神足，花沐春风颜色清。

街上匆匆行客早，窗边暗暗有诗声。

2018 年 1 月 22 日

梅诗

引得时人踏雪寻，一枝寒蕊惹春心。

林家妻子非常物，陶氏丘山格外琛。

婉转身姿难有直，铿锵气节不须钦。

纵开无主何寂寞，才子词人自来吟。

2018 年 1 月 23 日晨于三省斋

机上思西湖

万里云为路，千年时有吟。

西湖多故事，远客特来寻。

2018 年 1 月 24 日于赴杭州飞机上

采桑子·杭州（三首）

其一

忽来腊八西湖雪，雪里杭州，梦里杭州，了却平生一段愁。

江南最是临安事，古也风流，今也风流，烟雨楼台多少秋。

其二

江南最是苏杭好，爱也悠悠，恨也悠悠，赵宋风流何处收。

淹留吴越才三日，身在杭州，心在秦州，最是人间离别愁。

其三

秦川百姓江南客，来也悠然，去也凄然，往事依稀千百年。

问今吊古惆怅尽，成也长安，败也临安，五帝三皇民是天。

西湖遇雪二绝句

其一

梦里西湖雪里追，秦川吴地雪来微。

许仙娘子皆不见，幽思漫天兀自飞。

其二

凌雪西湖偕友行，雷峰遥望自峥嵘。

法僧娘子无觅处，唯见碧波日日生。

2018 年 1 月 25 日于杭州

偶成二绝句①

几多才思白云间，千里杭州半日还，

机上行人皆入梦，独看窗外万重山。

银鹰西向入余晖，一路啸歌云上飞。

千里行程旋半日，轻舟妙语不曾违。

2018 年 1 月 26 日于回西安飞机上

[注释]

① 偷太白句凑韵

自嘲^①（二首）

其一

五年甘苦空自持，双目老花渐欲痴。

百度之间师友在，千帆过后魄魂驰。

酒余空向沧海叹，诗就忍教鬼神奇。

太白豪吟须纵酒，愚人枉自费青丝。

其二

太白玉杯诗千首，少陵茅屋泪两行。

人生境遇难相似，秋水文章各感伤。

不惧辛劳乘六气，何曾滋味及八荒。

推敲学问无遗力，诗罢酣然一梦长。

2018 年 1 月 26 日夜于三省斋

[注释]

① 为五年诗书学习而作，兼庆生耳。

咏石油大学雪

出门方半刻，已是白头翁。

昨日尘寰客，今朝明月宫。

路边铭勒石，不见一丹红。

三尺操场雪，风中老顽童。

2018 年 1 月 28 日

忆南郊高中（二首）

其一

高中同学如一家，大树南郊出奇花。

蚕烛无言桃李育，芬芳各自在天涯。

其二

南郊求学三年忆，雪雨风霜入梦萦。

教室课桌成锦榻，锅盔咸菜是佳羹。

恩师堂上传知识，小子灯前写爱情。

卅载春秋如一瞬，忽然有泪嘴边生。

2018 年 1 月 30 日

诗赞张育杰老兄

育杰老兄仁义士，情关桑梓志如初。

南韩人杰班司出，槐里地灵贤达居。

穷尽丹心追《史记》，拼将碧血付村书。

不求名字传天下，但使余生作蠹鱼。

2018 年 1 月 31 日

[注释]

① 张育杰，槐里南韩村人。渠以一人之志，集百人之力，耗数年之工，记百家之事，成一村百年之记，纂成南韩村志。功在千秋，利于当代，实槐里第一人也。

杂感

古时诗客无专职，今日词人有清狂。

孔子门前贤七二，马融帐里乐宫商。

书生有句随怀抱，迁客无文货帝王。

李杜至今名誉在，风流自古难与藏。

2018 年 2 月 4 日

诗赠仁礼茶店（二首）

其一

闹市桃源何处是，延平门里仁礼茶。

满堂和气人如玉，一袭清香味若花。

陆府高徒烹素手，禅家稚子梦无涯。

梵乡此处堪回首，儿女情长话桑麻。

其二

叶自白云边，泉从西土莲。

煮成千般味，参出百样禅。

一旦尘寰落，都来浮世煎。

玄机谁自解，岂不活神仙？

2018 年 2 月 4 日

晨课杂感

人在青灯下，风从窗外吹。

无端翻白页，有意露玄机。

甚个玄机是，奇书深里追。

读书须苦究，慎勿表和皮。

2018 年 2 月 7 日于三省斋

咏春联

吉祥由纸出，祝福自新醅。

纵被北风折，丹衷终不摧。

风流歌岁月，零落入尘灰。

千古文与字，一如雪里梅。

2018 年 2 月 7 日于三省斋

梦母

忌日空自哀，亡亲入梦来。

母言依旧在，从不会离开。

2018 年 2 月 11 日于三省斋

校园晨望

五更风自狂，无碍学堂光。

老老人家在，摇摇扫地忙。

思乡千里客，背负十斤囊。

可笑迷诗者，一词搜断肠。

2018 年 2 月 11 日于三省斋

望晨月

如何一玉镰，独挂五更天。

三两星之外，悠闲一璧船。

恍如慈母怨，训语出唇边。

人事凄凉在，无须烧纸钱。

2018 年 2 月 11 日于三省斋

望抱龙峪冰瀑

朝天白玉香，兀自起山旁。

今日清虚指，那时细水长。

兴衰随造化，沧海变田桑。

空惹思乡客，无端泪两行。

2018 年 2 月 11 日于三省斋

118

冬谒茂陵

百姓坟头小，帝王陵墓豪。

独尊一风水，尽耗万脂膏。

风雨千年过，蓬蒿一袭袍。

武皇雄伟业，何故归莽曹？

2018 年 2 月 13 日于三省斋

冬夜杂感

长叹前人学问深，吟诗作赋自随心。

何须韵册身边放，早有丘山腹里沉。

信手拈来生妙句，从心所欲著青衿。

余生后学别无愿，灯下诗书操古琴。

2018 年 2 月 13 日于三省斋

酒后遣怀

两行泣地惊天泪，一个多愁善感人。

思入诗词修远路，心倾翰墨寂寥身。

青灯白发消永夜，残卷枯毫醉孤臣。

百味人生寻此味，何言岁月自清贫。

2018 年 2 月 14 日晨于三省斋

试韵一首

独坐寒窗乐一隅，雕虫小技醉愚夫。

闲情最是钟翰墨，妙句偶成在须臾。

槐里词人空自许，天涯过客没街衢。

北风瑟瑟霜丝乱，月下逍遥一书奴。

2018 年 2 月 14 日晨于三省斋

读易安诗有问

月到五更人自醒，《易安诗集》手中持。

一词三品常记诵，北牖南窗更索思。

清照以来才女少，谪仙之后丈夫疑。

古来骚客千千万，谁立春风第一枝？

2018 年 2 月 14 日晨于三省斋

戊戌正月初一感亲朋微信得句

二老膝前辞旧岁，八方微信贺新年。

亲朋词好胸中暖，桑梓风寒梦里眠。

小子无言传谢意，拙诗有语出心田。

愿君春日无限好，如意平安福运连。

2018 年 2 月 16 日晨于古槐里家中

戊戌正月初一田野晨望

平芜望处尽悲凉，无限生机暗里藏。

红日唇边含浅笑，青苗身上着微霜。

枝头槐柿苍凉色，泥土家园淡薄香。

春炮一声天地动，锦鸡惊起向东方。

2018 年 2 月 17 日晨于古槐里家中

采桑子·故园春日晨望

故园已有春滋味，鸦雀声清，蒜麦身轻，槐柳苍苍色欲更。

东风暗把西风斥，枯尽还荣，旭日将升，收拾行囊快起程。

2018 年 2 月 19 日晨于古槐里家中

戊戌正月初六学韵得句

一入书斋意从容，品诗习字醉晨钟。

少陵诗册寻神笔，《玄秘塔碑》访妙宗。

自有北风窗外伴，何须仙侣座中从。

闲来正是诗书日，《止酒》陶翁不碌庸。

2018 年 2 月 21 日晨于三省斋

采桑子·咸阳古渡廊桥（二首）

其一

谁将春色裁双半，一半清波，一半枯河，风雨来时何用蓑。

咸阳古渡千年没，故国蹉跎，新国嵯峨，渭北春天树欲歌。

其二

一龙南北分泾渭，半作窈窕，半作号啕，谁识原来一母胞。

一桥飞落东西隔，上入云霄，下入青涛，风雨之中分外娇。

2018 年 2 月 21 日晨于三省斋

采桑子·长安夜

长安夜色无眠更，月自阑珊，人自阑珊，火树银花不夜天。

汉唐盛世新时代，国也安然，民也安然，春意无边天地间。

2018 年 2 月 22 日晨于三省斋

试笔

新笔试新诗，诗新纸墨知。

新意从何出，须把古书痴。

2018 年 2 月 22 日晨于三省斋

题黄莉家水仙花

124

何方仙子落黄家，一袭清香源此葩。

桃李未开人不怨，迎春已有水中花。

2018 年 2 月 21 日晨于三省斋

戊戌孟春谒寒窑有句

曲江池畔寒窑在，见证当年忠朴爱。

贫贱男子东床婿，王侯女儿南窑黛。

纺纱唯有青灯话，对镜暗随野花慨。

一十八年情不移，今人寂寞谁能耐？

2018 年 2 月 25 日

四上尖山得句①

一入青山人醉迷，自来苍翠鸟惊啼。

尖山有路冰泥雪，秀色无涯树草溪。

诗兴已随黄鹤去，豪情当与白云齐。

春风归我三人有，何顾日头西向低。

2018 年 2 月 27 日于三省斋

[注释]

① 昨日余随卢、滕二位先生登子午峪最高峰尖山，拔高九百多米，行程九公里多，历时七个半小时，一路艰难，一路山色，归来以诗为记。

遥祭①

先人已是云中鹤，相见何如上九天。

高远精神淳若醴，沧桑笑貌久弥鲜。

病身驼背军人老，好学求知国事牵。

常使后人如我等，每逢此日更思愆。

2018 年 3 月 5 日晨于办公室

[注释]

① 戊戌年正月十八日乃吾祖父辞世三十周年忌日，以诗为祭。

五年诗书学习岁月有寄

半路出家痴翰墨，诗书梦里醉如何。

少陵堂下为走狗，松雪门前食须陀。

只许悲欢诗里落，休教寒暑酒中磨。

随他风雨窗前过，寂寞书斋安乐窝。

2018 年 3 月 8 日晨于三省斋

采桑子·春光

长安春色当时好，莫负晨光，莫负春光，收拾行囊即出房。

一年美景归春日，鸟自飞扬，柳自飘扬，快趁东风送郁肠。

2018 年 3 月 11 日晨于三省斋

采桑子·灞河

灞河柳色遥看更，剪水鹅儿，拂水风儿，望水人儿将欲痴。

东风拂面河流北，柳色迷离，水色迷离，春色迷离千古依。

2018 年 3 月 11 日午于灞河生态公园

春赞长安

二月清风诗味重，身轻契阔藉东君。

花红柳绿开心眼，蝶舞莺飞入烟云。

最是一年春好处，闲来八水掊清芬。

终南山水千秋画，更有诗词玄妙文。

2018 年 3 月 13 日晨于三省斋

永遇乐·遣怀^①

残月如钩，街灯如幻，春晓风腻。独坐书斋，何关利禄，运笔千千喜。才无半斗，安于一事，有梦此生无悔。路漫漫，晨昏无歇，苦思古人深意。

长安老却，书生胸臆，一弃前程如纸。莫虑将来，将来何虑，思度今朝耳。醉乎山水，痴乎翰墨，黾勉之心不已。青灯里，双成影对，此头白未？

2018 年 3 月 14 日晨于三省斋

[注释]

① 感余五年诗书学习遭遇而得.

读清孝廉胡大川幻想诗十五首有怀

天下奇书读未全，得来文字多索然。

幻诗直诵三千遍，下笔何愁百万篇。

满腹忧怀泣神鬼，一腔才思吞地天。

诗书憔悴人无悔，感佩孝廉胡大川。

2018 年 3 月 15 日晨于办公室

128

永遇乐·石油大学春早①

春府长安，新园油校，春色无限。耳目清新，梢头翠绿，远近鸣声见。风来雨去，承前启后，砥砺寸心无断。路漫漫，抬头惊看，夜来玉兰开遍。

高楼簇立，英才层出，不负故人心眼。学子归来，书声犹在，谁笑堂前燕。少年将老，此时圆梦，了却旧愁新怨。游人至，青春永驻，只生赞叹。

2018 年 3 月 15 日午于办公室

[注释]

① 步东坡居士韵

游华胥杏花谷遇雨

眼前花木各芳菲，造化安排谁敢违？

唯有春愁无着落，聊为细雨满天飞。

2018 年 3 月 17 日晨于三省斋

春雨偶成

朝来微雨又迷离，未去春寒莫减衣。

草木自知春已到，争随春雨展三围。

2018 年 3 月 18 日晨于三省斋

山中访春

长安花色重，山野春慢来。

纵使无人赏，山花亦自开。

2018 年 3 月 25 日晨于三省斋

春日随感

入目皆画色，开怀御风流。

请为花间客，莫做阶下囚。

何必求青眼，无诗亦白头。

谁怜狐兽类，逢死首山丘。

2018 年 3 月 28 日晨于三省斋

戊戌二月十五马嵬驿古庙会得句

黄山宫老翠微栖，槐里春青游客迷。

赫赫人流织南北，清清渠水走东西。

千年故事随人辨，百代风尘任铁犁。

老子行宫玉环墓，年年相望草萋萋。

2018 年 4 月 1 日晨于三省斋

清明

清明有雨催诗句，游子无端生郁怀。

百里乡程何足道，四时牵念实难排。

泪中全是旧年事，梦里几回新试鞋。

更忆当时馋野味，望儿树上采花槐。

2018 年 4 月 5 日晨于三省斋

西江月·采香椿

自恋山中花草，尤怜树上芳春。

清明雨后已无云，误了徒增烦闷。

短褐不离泥土，老身多是伤痕。

归来香气满庭门，别有风流寸寸。

2018 年 4 月 11 日晨于三省斋

采椿诗

一年好味在清明，过水穿林山里行。

策杖抓香爬乱石，屈身俯就挤丛荆。

野人刀下夺椿菜，翠鸟喉中悬妙声。

非是东篱风骨有，从来淘意本天生。

2018 年 4 月 13 日晨于三省斋

采槐诗

槐里儿郎自恋槐，花期每至诱吾侪。

呼朋引伴南山上，窃玉偷香北土崖。

折断新枝芳入袋，刺伤老手痛存骸。

载归滋味何须问，真意从来可人怀。

2018 年 4 月 16 日晨于三省斋

咏槐

清明过后花渐少，独有槐花一一开。

娇小花容难自弃，特来香味不须猜。

荒沟野地多生意，憔悴支离未曾哀。

不以材梁台阁入，穷身刺骨亦悠哉。

2018 年 4 月 16 日晨于三省斋

书斋偶成

余自作诗余自娱，何关腐鼠与鹓鹐。

书斋独坐春秋夏，世事还如魏蜀吴。

白首始知勤学晚，红尘终觉槐梦愚。

文章贤圣读天下，不入门墙亦无虞。

2018 年 4 月 18 日晨于三省斋

子午峪五道梁春话

近望尖山又一年，南山雨后路难穿。

凌风枯萎分分润，冒雨春头节节鲜。

青杏人来堪止渴，岭梅香去不须怜。

清清十里今归我，世网撄人何必旋。

2018 年 4 月 22 日晨于三省斋

春雨

春雨霏霏，山川茫茫。维①春之雨，人皆悦之。

春雨苍苍，生梓生桑。维春之雨，人皆思之。

如父如母，育子育女。维春之雨，沐之渴之。

2018 年 4 月 24 日晨于办公室

[注释]

① 维同唯

三月十六夜过咸阳古渡廊桥

月色咸阳自古柔，春风渭水两悠悠。

宜人宛在清虚府，称意偏将秦汉羞。

十里蛙声催鼓角，千年王气入荒丘。

化身恨不千万亿，直与碧波向东流。

晚眺

雨后见双虹，南山在眼中。

春归何必惜，明日问山风。

立夏山中偶成

今日问山风，将春匿何宫？

山风但摇首，一指向苍穹。

孟夏书斋偶得

古人求学惜三余，刺股悬梁吟上驴。

愧我诗书耻蝇虎，许他青汗生蠹鱼。

觥筹影里光阴老，儿女情中壮志除。

鬓上眉间空雪色，何时行月肯徐徐？

2018 年 5 月 7 日晨于三省斋

136

汶川大地震十年祭

五月已入夏，长安犹未热。风雨曾交加，不与春寒绝。

旧梦虽缥缈，思来仍呜咽。欣欣之草木，遭逢天地裂。

千里江山哀，万民生死别。遥隔山与水，此心同悲切。

家国遇巨殇，情意似火烈。天佑我中华，大爱新史页。

国有奇儿女，儿女多气血。再造新汶川，残壁成玉玦。

十年岁月逝，苍天忆未灭。寒意微乾坤，遗恨悠悠说。

文字比东风，无以补天阙。聊可慰孤残，不辞诗文拙。

2018 年 5 月 12 日晨于三省斋

山行遇雨

闲情不多得，邀雨相与游。

云气封歧路，山泉出绿沟。

草荒三径在，屋破一居幽。

鸟雀鸣声醉，佳人笑语收。

2018 年 5 月 21 日夜于三省斋

与计专 93 学生毕业二十三年重逢喜成

二十三年一根烟，悠悠往事酒中悬。

当年寒子都成熟，今日热情更新鲜。

笑话曾经恩怨事，续书今后弟兄篇。

老猿头白当无悔，却把诗词醉里填。

2018 年 5 月 23 日于办

杂诗

终将朽骨归黄土，何惧朝风又暮雨。

百味人生难百年，七堪岁月亦七苦。

青山依旧水前流，韩信曾经胯下侮。

陌巷何以笑颜回，秦皇汉武皆成古。

2018 年 5 月 26 日夜于三省斋

夏夜蒸包子

山里香椿桑梓面，合阳红薯玉丝条。

虾仁三两卢兄赠，豆腐半斤曹氏调。

揉面老夫妻手巧，蒸包新爨火头缭。

三更俗事一杯酒，包子几只解无聊。

2018 年 5 月 29 日晨于三省斋

五年求诗有寄

中岁好诗词，闲来自为之。

但思古人味，不与今者随。

风雨书中觅，春秋梦里痴。

五年虽已去，未肯此心移。

2018 年 5 月 31 日晨于三省斋

夏收偶忆

平畴色欲黄，忽忆旧时光。

汗泽田间土，麦收村外场。

运镰父挥手，捆麦母系穰。

我独拉车急，妹双拾穗忙。

辛勤为此季，何惧端午阳。

二祖何无事，自劳锅灶旁。

无缘承往昔，倏忽泪双行。

2018 年 5 月 31 日晨于三省斋

夏夜读《徐渭诗文选》偶成

贪恋红尘一杯酒，何如虚室笔当锄。

老来尤喜灯前卧，诗兴只堪枕上祛。

搜尽枯肠人不寐，吟成绝句意何如。

十年窗下曾经事，愧负床头册册书。

2018 年 6 月 4 日夜于榻上

140

无题（七）

欣得仇注杜诗和苏轼文集计十又一册，赋诗为记。

尽把余生付诗书，闲来志业不龃龉。

权舆诗卷苏和杜，日月书斋缓且舒。

翰墨推敲空浩叹，诗文憔悴又何如。

少陵居士文章在，百样无聊可以祛。

2018 年 6 月 8 日

兴平南郊高中三年行^①

田舍儿郎十四五，忐忑含羞入南郊。

小小个头前排坐，周周一骑县里跑。

不知高考为何物，偏向书丛觅琼瑶。

金屋玉颜皆不识，槐里但传霍嫖姚。

宇光同学真可爱，小说象棋逼我来。

堂上传花金古册，午间战事楚汉开。

黄蓉小妹实堪怜，郭靖英雄真招恨。

美玲香消使人悲，相思一寸灰一寸。

梦里曾为陆小凤，暗中自比楚留香。

诸位恩师自仁慈，全班同学多慨慷。

排名直落孙山后，情意却朝姜女狂。

校北一路连陇海，曾经千次问斜阳。

一怀维特烦恼事，无处消遣普希金。

月下窗前曾徘徊，碧海青天夜夜心。

窗外月鸟各朦胧，连天飞雪射白鹿。

年少不知文字苦，青灯寒簟旧书馥。

七日饭资两元整，六天偏余一块多。

《人民文学》旧刊物，一本一毛又如何。

一夜挑灯长对月，十书过手已闻鸡。

爹娘不问昨宵事，频唤懒儿吃东西。

三年两袄洗又穿，四季一味咸菜鲜。

老来常忆年少事，铁马冰河秋风前。

卅里凹凸石子路，一骑风雨老爷车。

去时下坡还时上，泥里艰难雪里赊。

塬上同行多少人，今朝都被长安尘。

参差白发参差泪，零落童心零落身。

宿寝先住大通铺，你哭他唱难为梦。

犹记邻床欲起夜，呼母快把灯绳弄。

尽是寒门陋巷子，身着蓝衣黑袄娃。

今日思来虽有泪，当时豪情自无涯。

破窗难以挡风雪，干馍自可慰饥肠。

寒夜长苦便池远，春朝不辞书本乡。

后来何幸迁新室，更得课桌作金床。

合盖一被铺一被，头足相邻臭相邻。

漫漫寒夜夜有尽，悠悠我思思难泯。

八九之春破晓梦，一心欲登天子堂。

元宵节后辞桑梓，百日攻书为爹娘。

诗词棋牌皆抛却，数理化生英语忙。

万里戎机不曾赴，三更灯火心无旁。

校西冬闲小土屋，夜半同学好书房。

四人同挤堪同暖，三冬风来亦风流。

冷月无声临野屋，青灯有意伴清修。

所幸小名得预选，七月七日登科场。

炎炎天气通身汗，速速笔头出锋芒。

三年依稀多故事，卅岁清醒更难忘。

人不风流枉少年，老来一酹诗千行。

[注释]

① 近学乐府诗，适逢高考，仿古人歌行体为诗，琐忆高中三年求学岁月，揖求方家正之。

杂诗

昨日山中餐秀色，今朝灯下啃诗文。

诗文秀色聊蕴藉，利禄功名自氤氲。

些许文章皆俗骨，三千碧落揖清芬。

今朝槐梦终须去，明日风流思不群。

143

2018 年 6 月 8 日

望江南·游戏南山中

风雨去，山色一如新。

蝶舞蜂飞来左右，水清云白是亲邻。行把鸟声遵。

天欲暑，何处可藏身。

欲学苏翁诗酒事，当痴陶令菊琴文。人意自相亲。

2018 年 6 月 10 日晨于二省高

孟夏游山偶成

幕天席地何其乐，入目风光富精神。

云水亲邻分远近，岭风清素自纶巾。

庄生绮梦填胸臆，孔子忧怀出麒麟。

何忍诗书尘满面，此中一诵学唐寅。

2018 年 6 月 12 日晨于三省斋

144

端午节雨中游石峡沟

不见长安人不愁，山风谷雨觉如秋。

浮生半日神仙意，云气一时岁月悠。

碧水潺湲心未远，翠荫笼统暑难留。

山中自有蓬莱境，何必东西南北求。

2018 年 6 月 16 日午后于石峡沟

题人间仙境农家

人间仙境少，壶内自然全。

山水知音后，诗书学问先。

清风如在耳，心境自无偏。

此处多禅味，何时得机缘。

2018 年 6 月 17 日晨于三省斋

端午遥忆

天公有泪皆成雨，重五无端气转凉。

夏雨殷勤若秋至，书斋孤独思何藏？

案头犹见粽如蜜，腕上何曾绳系长。

老父挥镰收艾草，其谁为我点雄黄？

2018 年 6 月 18 日晨于三省斋

赠文龙张虹伉俪

王家小子何有福，手把张门才女牵。

举案齐眉徒有羡，情深义重更无边。

楼前新月光华出，虹里龙纹天地悬。

世上鸳鸯非少见，神仙眷侣不多焉！

2018 年 6 月 19 日午办

夏日呓语

无意坐书斋，心神已自谐。

平生多少事，一霎似微霾。

2018 年 6 月 24 日晨于三省斋

霁后望南山

终南雨后海云翻，群玉瑶台会昆仑。

一望连环秦画册，千年荣耀晋桃源。

江山寂寞英雄气，造化依稀岁月魂。

自古长安风景好，生花妙笔何以言。

2018 年 6 月 26 日午后于西北饭店

长安雨后

南山远照在朋友圈中狂晒有感

南山今霸屏，遥望自青青。

云白依秦岭，风轻去暑情。

长安意堪适，骚客诗未停。

山水无墨画，千秋更空灵。

2018 年 6 月 26 日夜于三省斋

杂诗（一）

闲来拣旧诗，逢暑更痴之。

无志常迂腐，有诗不入时。

书斋耽寂寞，情思自迷离。

多少浮生事，诗中道参差。

2018 年 6 月 27 日晨于三省斋

杂诗（二）

斗斋坐晓乐陶陶，更有诗书醉吾曹。

暑气侵窗人不愠，清凉在内意方遨。

昏花双眼字间顾，憔悴一心灯下劳。

此味清欢何所欲，人间不负行一遭。

2018 年 6 月 30 日晨于三省斋

148

逢暑雨

思五年诗书求索随感

诗中多味道，不咀何以知。

寥落千里路，伶仃五年期。

书香风雨少，斋静魄魂驰。

郁郁如黄檗，苦心曾未移。

2018 年 7 月 10 日晨于三省斋

题石峡沟人间仙境农家乐

人世有羁危，间随白云移。仙踪何可觅，境遇不曾期。

农舍饶鸡黍，家围裕兰芝。乐于此山水，佳事迁客宜。

2018 年 7 月 11 日晨于三省斋

题"眼镜山野人家"饭店

眼前何所有，镜里妙文多。山水在墙上，野心栖此柯。

人情须互济，家意贵张罗。长向一杯酒，安贫任蹉跎。

2018 年 7 月 11 日晨于三省斋

暑夜临池偶成

习字暑宵生汗雨，读书灯下得禅心。

窗前孤独清欢里，纸上纵横淡墨沉。

极乐无非文与字，幽情唯是酒和吟。

执鞭多有闲时日，自在砚隅诗径寻。

2018 年 7 月 16 日夜于三省斋

逢戊戌大暑晨课偶成

废笔十三根，未成千万言。

兀然逢大暑，豁尔入篱藩。

热意翻番袭，名书册页掀。

小斋临古帖，汗下不胜烦。

2018 年 7 月 23 日晨于三省斋

读《新译乐府诗选》得句

学诗日当午，欲锄胸下土。

何以其中味，字字多辛苦。

2018 年 7 月 24 日午于办

研读《乐府诗选》遣怀

畅游诗瀚自怡然，暑气弄人心益虔。

乐府诗歌三百首，天生璞玉万千年。

有奇书处随心所，无挂碍时自在天。

赢得南窗无别事，闲吟几句月中眠。

2018 年 7 月 24 日夜于三省斋

石峡沟纳凉遇雨

山雨来之风满陂，逼人暑气一时休。

沟中所有闲岁月，梦里逍遥好台楼。

粗饭清茶堪餍腹，翠山幽境更水流。

终南胜景寻常见，卧有白云为枕头。

2018 年 7 月 26 日午于石峡沟人间仙境农家

赠吾曹

宛若倾城子，自来宜室家。

甘贫情未减，执手道何赊。

不怨衡门下，只求葵藿芽。

娶妻当如是，何必与人夸。

2018 年 7 月 29 日于办公室

望南山

居家有高楼，可以望春秋。

送目南山在，此心自无忧。

2018 年 7 月 30 日于办公室

归桑梓

槐里去京兆，不过一百里。

已行九十九，心洵悲喜耳?

2018 年 7 月 29 日于办公室

做早点偶得

起床水米烧锅里，随即又将瓜菜攒。

敲蒜浇油调味道，切椒拌面做晨餐。

得闲提笔书行字，乘兴抒诗笑穷酸。

牛马为儿何有怨，原来幸福须简单。

2018 年 8 月 5 日晨于三省斋

晨读《论语》《庄子》有寄

一生功业系文辞，寒暑何曾志有移。

身贱无须人笑骂，诗愚常使己疑嗤。

五年空就三百错，七律愧无一二宜。

庄孔奇言千万在，鹪鹩未曾栖一枝。

2018年8月8日晨于三省斋

山中逢立秋

一阕清风赋暑闲，山村聊可作乡关。

小楼云雨随时至，流响螽蚸入梦还。

心恣诗书了千事，情怀山水无一悭。

春秋冬夏悠悠转，得失云胡说苍颜。

2018年8月8日晨于三省斋

赠王可博士

王家才子多，可惜未登科。

一旦龙门上，生鳞御碧波。

幸来何困守，福至不蹉跎。

成就千秋业，功名小山河。

2018 年 7 月 26 日晨于三省斋

154

赠成怡敏大夫

成器还须千百磨，怡然自得任蹉跎。

敏于功业安于内，笑若桃花气若荷。

才思无邪如谢女，孝行肆意比曹娥。

杏林春暖长安地，有幸人间一玉珂。

2018 年 8 月 9 日晨于办公室

晨课痴语

一时风雨一时新，遍地长安无陌尘。

更望南山魂不在，自观《论语》心生仁。

无忧无梦何无乐，念道念天不念贫。

幸有诗书闲里事，日高谁是晏眠人。

2018 年 8 月 12 日晨于三省斋

晨坐偶成

斗室清闲玩纸笔，何来晨汗弄前裾。

诗书可以承时日，风雨无须过敝庐。

寒暑不闻窗外事，青丝只见镜中虚。

浮生无意观庄孔，独坐须臾通体舒。

2018 年 8 月 15 日晨于三省斋

四更四韵诗

周公酒后难相晤，检阅床头旧诗书。

醉去谁知情浅薄，兴来不问夜何如。

浮云不见星和月，炎暑推辞户与间。

灯下消磨风月者，长安今夜一人余。

2018 年 8 月 16 日晨于三省斋

晨思

晨色尚含苞，秋风何入巢。

斗斋方浅坐，尔思已深交。

翰墨堪挥洒，心情岂讽嘲。

女牛应无恙，昨夜过云梢。

2018 年 8 月 18 日（七夕次日）晨于三省斋

拒酒

滥饮终归误事多，来言去语起干戈。

交心何必凭醪酒，论义还须待琢磨。

难再诗仙百篇事，空传酒德千载歌。

相逢纵是万杯下，不若清茶一小窠。

2018 年 8 月 20 日晨于三省斋

晨悟

东天鱼肚见长安，独坐书斋汗依然。

习字读诗驱暑热，怡身敛性驾余年。

假期更有辛弃疾，虚室何无白乐天。

闲读丘轲双圣语，始知前世有遗愆。

2018 年 8 月 21 日晨于三省斋

秋感

秋雨除人薄衣服，诗书充我臭皮囊。

悠闲行未千里路，长假耽只一书房。

暑意弄人犹可觉，秋声促织已于堂。

南窗日月唯求静，休管鬓须满秋霜。

2018 年 8 月 22 日晨于办公室

158

中元夜

皓月清辉下，一星独与随。

捣衣声不再，望月泪空垂。

谁信中元夜，弗生游子悲。

秋虫鸣不住，对月已多时。

2018 年 8 月 25 日晨于三省斋

无题（八）

青灯景里且逍遥，不见晨星月独昭。

裸体赤身求学问，寒来暑往慕鹡鸰。

雷门布鼓何有径，沧海行舟不须桥。

忍把浮名为浅唱，有书难寄霍嫖姚。

2018 年 8 月 28 日晨于三省斋

山中卧眠

孟秋时过半，暑气未离开。

高阁倚云立，清风八面来。

泉流何极乐，蝉意自悠哉。

心境当如是，悠然梦蓬莱。

2018 年 8 月 30 日晨于石峡沟人间仙境农家

秦岭诗赞

一阕清气耕阡陌，万峰如簇立迤逦。

秋风春雨舒画卷，冬雪夏荫纳赤子。

老树昏鸦入青云，幽兰深谷生碧水。

闲冶荣华昭天地，从容禽兽安生死。

四时日月四时风，千古沧桑千古绮。

自有此山分南北，更无他阿相匹比。

闲来陟岵纵心怀，归去弄弦调角徵。

野味得来解行藏，拙诗吟就除块垒。

百无一用做书生，万语千言泻素纸。

我视青山为知己，青山待我亦如是。

2018 年 9 月 3 日晨于办

感秋雨而成

长安朝雨冷秋晨，惊起南窗灯下人。

一夜繁华皆梦里，半生零落恨书贫。

天教余暑都归去，愿使初心犹未泯。

风雨似知诗味道，故翻册页效东鼙。

2018 年 9 月 5 日晨于三省斋

山里的猕猴桃

是谁把长着绒毛的小土豆，挂在了树枝上

是谁把浅褐色的大珍珠，系在了姑娘的发辫上

山里的猕猴桃呀，生来就有神奇的力量

植根于南山贫瘠的土壤

冲破石头的阻挡

绕过灌木丛的堵截

一直向着阳光

奋力生长

任他雨横风狂

任他秋露冬霜

努力活出自己的模样

在寂寞的深山里

汲取着大地的营养

向着苍天

伸展着自己的身体

一如酣畅的诗行

秋天的灰姑娘呀

你全身都泛着迷人的光芒

深谷密林都无法把你的神采隐藏

你是大山的馈赠

你是缪斯赐予的琼浆

你是高山流水书写的音符

顺着山坡　缘着树木

恣肆流淌

你坚硬的果实呀

酸涩难尝

经过岁月的洗礼

甜蜜的滋味自会动人心肠

我依恋你呀

山里的姑娘

我依恋你呀

山里的凤凰

但我更爱你的父亲呀

南山

他才是我心中永远的温柔乡

2018 年 9 月 7 日晨于办公室

诗悼单田芳老先生

最忆儿时听广播，当然独爱单田芳。

花言巧语惊魂魄，义胆侠肝出隋唐。

沙哑声音犹耳畔，英雄事迹留心房。

男儿有泪空嗟叹，此后评书乐玉皇。

2018 年 9 月 12 日晨于办

乌夜啼·秋雨①

破晓微风雨，斋中亦得秋声。

词人偏被江山误，千古恨难平。

秋月春花来去，诗书聊寄余生。

从来世事多翻覆，携雨向山行。

2018 年 9 月 16 日晨于三省斋

[注释]

① 遇秋雨晨读李后主《乌夜啼（昨夜风兼雨）》词有怀，步韵。

秋夜听雨

斋小自无风雨到，心安何有事伤神。

平生若有愁到处，只恨诗书不如人。

秋色一分随雨落，烛温三尺伴人频。

长安自是诗词地，两耳秋声醉孤臣。

2018 年 9 月 19 日夜于三省斋

164

清秋对月

隔窗遥望玉盘新，今夜相知更一人。

灯火长安空倦意，徘徊诗客莫愁因。

姮娥晴后巡天夜，柔色无前到我身。

拜赏何须三五日，此时秋月一何亲。

2018 年 9 月 20 日夜于卧榻

咏霁月

月明缘雨洗，兴至起秋高。

无梦来相伴，为诗独自劳。

赏吟对寒露，须鬓增白髦。

最是关情事，云端少腥臊。

2018 年 9 月 21 日于办公室

秋分

满园桂花香，惊知秋意长。

中秋明朝是，故土老爹娘。

桑梓应无恙，休教染秋霜。

归雁欲何往，秋思已成行。

2018 年 9 月 23 日于三省斋

离亭燕·山中拾栗子

秋入南山云缈，相约栗林寻宝。

汗雨交加双手剌，换得一时欢笑。

不是慕虚荣，辛苦易除烦恼。

山径不同平道，闲处岂无荒草？

回首向来萧瑟处，不负曾经年少。

莫问梦何如，且向青山终老。

2018 年 9 月 28 日于办

捡山栗

闲下寻欢事，南山逞风流。

辛劳浑不怕，唯恐负清秋。

野果迷双目，刺藤着一头。

归诗三两句，寄与杜陵叟。

2018 年 10 月 2 日于三省斋

秋日赠卢刘二兄

书斋守清秋，翰墨滋味尤。

一首闲诗得，飘然念卢刘。

三杯浮蚁在，思意却难休。

秦地多潇洒，归来相与游。

2018 年 10 月 5 日于三省斋

秋过黄花岭

得意人生何处有，黄花岭上赏秋丰。

清风两袖宜人性，秋色一怀与谁同？

高处自能生境界，乖时未必不英雄！

闲云一片碧霄上，人在江山图画中。

2018 年 10 月 5 日于三省斋

山中捡栗

别人游别地，吾辈进山忙。

树下寻野果，土中见红光。

几斤山栗少，一段秋味长。

一碗山家面，油然思故乡。

2018 年 10 月 7 日于三省斋

双十日感秋有怀二首

其一

悠悠万事见心头，满眼河山又一秋。

追利逐名空往昔，花开叶落任风流。

王侯百代皆尘土，闲话千年若蜉蝣。

终是江湖微末客，随波万里一轻舟。

其二

宋玉悲摇落，少陵八首留。

排云行雁字，提笔写高楼。

霜露催寒服，诗书遣老秋。

忙来多事扰，闲里一何愁。

2018 年 10 月 10 日于三省斋

南山秋望

山河还是旧山河，才子佳人尽蹉跎。

秋入长安仍似画，客来危岭更须歌。

千年落落王侯少，一望累累陵墓多。

造化弄人人莫恼，将来万事烂如柯。

2018 年 10 月 9 日于三省斋

秋日访曲江池

诗觅曲江池，清秋正及时。

弄波鱼鸭戏，散淡客游宜。

曲径回亭阁，周围动柳丝。

当年歌赋在，今日水流迟。

2018 年 10 月 15 日于三省斋

重九遣怀

旧时风露叩晨窗，今日心知是重阳。

三十年来空碌碌，为家为国两茫茫。

一番秋水流去去，有泪有诗下行行。

不肖他乡仍异客，双亲故土忙未忙？

2018 年 10 月 17 日于三省斋

重九日回乡拜双亲有句

红薯小根根，得来父母恩。

家常面一碗，暗自泪双奔。

天气重阳好，客心一霎温。

应知秋日里，无事不销魂！

2018 年 10 月 18 日于三省斋

习字五年有寄

少小无端痴笔墨，字前案侧足难提。

恨无良策全书法，唯有残肢听晓鸡。

闲对青灯临柳赵，乱翻歌赋诵昌黎。

一朝直上云遮处，转觉他山势更低。

2018 年 10 月 19 日于三省斋

秋夜吟

寒雨潇潇秋意深，小斋独坐可怜人。

品诗临帖亡他事，白发青灯染凡尘。

壮志卅年都已去，童心一片未曾泯。

南山秋色红颜正，难得明朝闲此身。

2018 年 10 月 19 日于三省斋

雨中登紫阁峪敬德塔

雨色人难识，山空鸟自知。

径斜君不惧，秋正客常悲。

雾里鸦声近，塔前心意危。

浣衣何足惜，幸有此闲诗。

2018 年 10 月 21 日于三省斋

雨中游秋山

薄情细雨侵芳道，轻雾迷迷满山隈。

碧水悠悠何处去，鸟喉脆脆向谁开。

秋山寂寞空依旧，情思阑珊不必哀。

红叶如花开处处，路边山上待人来。

2018 年 10 月 22 日于三省斋

咏山菊花

路旁坡上舞婆娑，雨里风中赏烟霞。

荆棘重重遮不住，鄙躯勃勃出枝丫。

一生滋味年年苦，九月黄金点点华。

不必人间夸富贵，山中自是一奇葩。

2018 年 10 月 23 日于三省斋

秋感

长安草木知摇落，三十年来一局棋。

背井莫吟枯树赋，伤春何对落花诗。

一帘秋雨虽萧瑟，满腹才情正葳蕤。

槐梦依稀随酒水，黄花灿烂出东篱。

2018 年 10 月 25 日于三省斋

深秋书怀

不沐君恩何有恨，此生争似烂柯人。

浮沉宦海虽无悔，零落诗心未肯泯。

秋色早来双鬓里，鄙诗能值几纹银。

胸中原自多丘壑，山水终南复问津。

2018 年 10 月 25 日夜于三省斋

174

与九牛二虎团友登抱龙峪唐王寨赏秋

终南秀色唯秋最，此寨不来人必愁。

过水穿林情激荡，九牛二虎意相投。

满山红阵看不断，一片郁怀何处收。

光景无边难刻画，归来提笔写风流。

2018 年 10 月 28 日晨于三省斋

偶成①

又见老夫人，相逢自然亲。

半年未谋面，依旧有精神。

拉我门前坐，劝茶更为频。

问余吃饭未，向我遗时珍。

拐枣甘如蜜，菊花采似新。

木瓜香味重，红柿颜色纯。

核桃四五十，盈手赠远宾。

秋日何其好，此情无以陈。

家贫仁义久，居野古风淳。

相亲时日短，无欲情意真。

宅犬亦知礼，送客不逡巡。

心当归山野，何日辞缙绅。

2018 年 10 月 29 日晨于三省斋

[注释]

① 天子峪赏秋，拜望罗家叔婶，感老夫人馈赠山珍，有此古风，聊以见意，不甚工整，望方家莫哂。

别了，金庸先生

虽是一介书生

但

你用自己手中的笔

书写自己的江湖

你用自己手中的笔

书写自己的理想

你用自己手中的笔

书写复杂的人性

你用自己手中的笔

书写自己的爱恨情仇

你用自己手中的笔

 书写人世的真善美恶

不意间

你用自己手中的笔

使自己成为

真正的侠者

真正的英雄

2018 年 10 月 31 日晨于三省斋

悼金庸

秋日风光无限好，坊间忽道离金老。

无端泪下三千尺，有恨魂飞四海稿。

多少当年英雄梦，凋零今日儿女脑。

无情最是别离时，此后何处读新藻。

2018 年 10 月 31 日晨于三省斋

再悼金庸

书山踏破万千重，笔底沧桑自从容。

洞晓人情迷夏梦，别开生面立新宗。

豪侠心中多爱恨，恩仇笔下出云龙。

谁是英雄何必问，书生一介不平庸。

2018 年 10 月 31 日晨于三省斋

晚秋书怀

笔底秋风落有声，庄生晓梦杳无形。

诗书数本悠闲读，山水一群随意停。

醪酒杯杯何欲醉，浮尘事事不堪听。

冬来寒色轩窗外，也学羲之序兰亭。

2018 年 11 月 4 日晨于三省斋

登抱龙峪土地梁捡毛栗偶成（二首）

178

其一

辜负此山三百天，红颜零落实堪怜。

愁看废塑填溪壑，憾对国人仅权钱。

毛栗采来双手刺，旧瓶捡得一心虔。

众人皆道青山好，谁替子孙思百年。

其二

生涯诗酒任逍遥，乐水痴山度无聊。

阴赏晚秋山色冷，笑登高岭雪花飘。

苍山在望心无事，诗意满怀势若潮。

长恨古人才思妙，原来境界在云霄。

2018 年 11 月 5 日晨于三省斋

戊戌十月初一为亡母送寒衣逢雨

坟头烧纸钱，袅袅若炊烟。

枯草风中乱，泪珠腮下边。

别离似昨日，如梦三十年。

德泽何以报，乾坤作思笺。

2018 年 11 月 6 日晨于三省斋

戊戌孟冬书怀

秋霜过后冬霜更，明镜怎知心镜愁。

萧瑟西风吹一夜，诗书槐梦老三秋。

苍山原自归才子，紫气依然驾青牛。

莫问乾坤何处好，小斋容膝亦悠悠。

2018 年 11 月 9 日晨于三省斋

冬日五更小斋俯望偶成

两三灯火下，已有拾荒人。

嗟我长安梦，早成蓬荜尘。

诗书为志业，山水不逡巡。

楼阁高千尺，墨池一佞臣。

2018 年 11 月 11 日晨于三省斋

180

无题（九）

坐对五更风，闲思两日功。

山间寻乐事，云下会无穷。

天地须臾客，人生槐梦中。

从来腾达者，无道一场空。

2018 年 11 月 12 日晨于三省斋

诗赠肖琼

山上一红颜，放怀天地间。

情随云鹤去，何必忆乡关？

独立人默默，闲听水潺潺。

此中真意有，樽酒可忘还。

2018 年 11 月 12 日晨于三省斋

书斋偶得

长安三十年，迅迅若云烟。

双鬓秋霜点，客心黄檗煎。

遥遥思千里，郁郁下百川。

黄土人间半，独怜风月边。

2018 年 11 月 13 日晨于三省斋

咏银杏

凛凛风霜不可欺，铮铮铁骨何以压。

秋来银果坠枝满，春去身姿向天插。

夏里浓荫敌一暑，冬临劲节生双胁。

萧萧俗木纷纷下，此树偏着黄金甲。

2018 年 11 月 14 日晨于三省斋

戊戌冬日有寄

纷繁世事不扰心，缭乱诗书空自悔。

秋去冬来柯梦无，眼前镜里朱颜改。

长安一卧三十秋，槐里相思五千载。

半百人生复何求，妻贤子孝双亲在。

2018 年 11 月 14 日晨于三省斋

三省斋学诗偶得

书斋小坐乐为囚，习字学诗滋味稠。

灯下知音听老笔，男儿尘梦了吴钩。

秋霜满面应无恨，浩气盈怀未敢愁。

聊取大川诗一句，此欢端不让王侯。

2018 年 11 月 14 日夜于三省斋

习诗偶得

风流自古万人求，名利场中王与侯。

东去江河西去日，南飞鸿雁北飞愁。

一斋苟且闲日月，五岳纵横傲春秋。

幸得妻朋相伴与，随风吹白少年头。

2018 年 11 月 16 日晨于三省斋

酒后小记

昨宵美酒醉刘伶，此事四哥^①不忍听。

吞下佳羹浑无味，饮来残酒已忘形。

举杯乘兴邀明月，团坐闲来话《兰亭》。

得意人生南与北，金樽在手雨星星。

2018 年 11 月 17 日晨于三省斋

[注释]

① 卢强先生擅长书法，在家中排行为四，故称为四哥。

登山归赋

闲来携侣雪中游，无限江山一眼收。

万木含羞依素练，群峰不语坐春秋。

神鸦振翅苍穹正，红柿连枝雪树犹。

用舍行藏何必问，青山与共白眉头。

2018 年 11 月 18 日晨于三省斋

晨课偶得

小窗虽半开，寒逐五更来。

提笔书行字，学诗少大才。

浮名多是累，利禄更为灾。

谁信青灯里，恍然若蓬莱。

2018 年 11 月 19 日晨于三省斋

戊戌十月十二日子夜对月随感

追利逐名三十年，而今灯下学神仙。

诗书岁月无铜臭，山水情怀有洞天。

自有佳人同皓首，真多贵客弄无弦。

世间劳碌平常视，明月千年缺复圆。

2018 年 11 月 19 日夜于三省斋

破筝

三生石上证前世，瀚海沉浮一破筝。

非是通灵祥瑞玉，只言俗世不平声。

王公无故来玩弄，素女由心出怨情。

弹尽人间清苦味，谁知虚竹是前生。

2018 年 11 月 20 日晨于三省斋

晚课偶成

朔风扫过眉头雪，闲坐小斋自晏如。

秉烛挥毫书赵字，凭栏送目向横渠。

两三星火长安夜，百万人烟自在居。

叶落西风何必恨，诗田戴月犹可锄。

2018 年 11 月 20 日夜于三省斋

巴山雪茄

在我的书柜里放着的两条巴山雪茄烟，早已是满身尘灰了，因为在西安这个地方谁家都拒绝不了尘土的造访。仔细算来，巴山雪茄来我家已经整整十四年了。我偶尔也抽几支烟，但是以应酬居多，有时在爬格子的时候也抽几口烟解解乏。我是抽不出其中的滋味的，故而我是绝对没有瘾的，虽然自小没少被长辈们用旱烟来熏陶。我父亲是一位地道的农民，凭借着他的聪慧在农村算是一个全能型匠人，盖房垒墙盘炕修灶等活计样样在行，庄稼活自然也是一个好把式。当年，父亲还和别人一起烤过生产队上种的烟叶，自然他的烟瘾就很大，高价的香烟他总是不屑于抽，觉得没有劲。在他干活时所收到的各种牌子的香烟中，我之所以对巴山雪茄记忆最为深刻，是因为他几乎只抽这个牌子的纸烟。他喜欢抽是因为巴山雪茄味很冲，最接近原生态的旱烟。当然平素他基本上还是以抽旱烟为主，雪茄主要用来招待客人。

2003 年，我从计算机学院来到了科技处。在年终的一次宴会上，我在城里人里面看到了一位爱抽巴山雪茄的人，他就是陈忠实先生。他的年龄长我父亲三岁，看长相，分明就是一个老农民，当然，他耕耘的是另一片田地。对陈忠实先生的认识不是始于《白鹿原》，在没有见到他本人或者照片之前我对他的了解是从《蓝袍先生》开始的，正如对贾平凹先生的了解是从《腊月·正月》开始的一样，因为我这个文青对于文字的痴迷简直无以名状，所以对陈先生和贾平凹的大名早有耳闻。在这个宴会之前，学校开了一个学术委员会议，我这个对所谓的学术一知半解的人对于会上所讲的内容当然一窍不通了，就一直傻坐着熬时间，只是在听到陈忠实先生用地道的半沙哑的关中方言发表着自己的看法时，我才提起了兴趣，直观地感到这个人很亲切、很和蔼、很乡土。于是晚上敬酒时，我双手高举酒杯诚惶诚恐地说："陈老师好，我是袁某某，给您敬酒！"陈先生举起手中的红酒说了声："好，谢谢你们！"（给他敬酒的还有另外两个同事）初次会面只是简单的几句话，让我感到他很朴实，容易接近。当然，我和他这一辈子也才说了不过十句话。不经意间，我偷偷地看了一下他抽的烟，正是我再熟悉不过的巴山雪茄了，其实别的任何一种雪茄我都不认识，我只知道这个巴山雪茄。

188

正是这次会面，使我的人生有了一个缺憾。陈忠实先生是我们学校聘请的专家，从那次会议起，他大部分的时间都是在学校安排的房子里面住，我几乎能天天见到他。这个地方公交车站牌是二府庄，他和我一样都是二府庄人了，虽然这个地方从我来到西安后已经逐渐没有了农村的样子，也没有了庄稼地和菜地。我回老家时和同学们吹嘘自己能天天见到陈忠实，于是我的一位同学说他父亲想求陈忠实一幅字，我竟然答应了。同学的父亲是我们兴平县（现为兴平市）文化界的大咖，名叫冯萌献，是一个酷爱文字的人，一个宁肯不吃不喝也要读书写字的人。对他的最初了解，倒不是因为他儿子是我同学，而是我的初中语文老师冯鹏凯先生。在20世纪80年代中期的一次语文课上，他说咱们定周村有一个人发表了一部长篇小说《遥遥万里情》，这个人就是冯萌献。冯伯（他比我父亲大五岁）

是个了不起的人，他通过写作改变了自己的农民身份，最后当了兴平县文化馆副馆长。他写作的题材十分广泛，著作等身，小说、戏剧、报告文学乃至诗词歌赋无所不能。他最擅长的是楹联，他在文学上最高的地位是担任了中国楹联学会理事。他为文字奋斗一生的精神深深地折服了我，他的这个希望我无法拒绝，也不能拒绝。他们可能见过面，但由于不熟也就不能冒昧地提出求字的要求。而我也是出于同样的原因，面对陈先生总是嘴涩得张不开。我当时向同学夸下海口，自以为是地说给陈先生弄上两条巴山雪茄，就能求下字。牛皮确实是吹大了，最后给同学送了本陈老亲笔签名的《白鹿原》小说作为敷衍。说真的，我自己手头也没有陈先生的书法作品。于是，这两条同学专程送来的巴山雪茄就长久地搁在了我的书架上面，慢慢地就积满了尘灰。只是在搬家时我擦拭了尘土又放在了新书架上，在雪茄的旁边也新添了冯伯的《五味斋遗稿》，当然也有原来签送我的他的小说集《血肉》和戏剧《琵琶公主》，还有写有"陈主席法正"字样的准备由我代送陈先生的《血肉》和《琵琶公主》，旁边就是陈老师亲笔签名的《白鹿原》。

　　与冯老先生见面只有一次，他因患了肿瘤在陕西省肿瘤医院住院，我去看他。他满头银发，脸上血色不多，但精神还好，我和他也只是简单地聊了几句家常。看着这个我心中甚为仰慕的人，我不由得想起了在长安名山翠华山门口的那副楹联："终南毓秀，太乙钟灵，始悟翠华招汉武；冰洞垂凌，龙湫泄玉，应知胜景在长安。"短短三十个字的妙联就出自眼前这个人之手，令我不敢相信，但又不得不信。不信是因为他就像是一个老农民，信是因为他身上不经意间散发出的那种书卷气深深触动了我。我也是五陵原下长大的男人，我为什么写不出这样的文字来？见面心里还是有些愧疚的，当然也不敢提这个话题，两条巴山雪茄当时仿佛是两座山横亘在我的心头。真是造化弄人，知道冯先生到见到他本人几乎隔了整整三十年的时间！

能够经常见到陈忠实真是一件幸运的事情。我当时所住的房子下面有一个小食堂，每每中午或下午时就能碰到陈忠实先生打饭，往往是几根扯面或者一两个红薯，菜也是素菜为主，但是指间还是要夹着一根巴山雪茄烟的，不时咂两口，淡蓝色的烟雾在他身边弥漫着，仿佛还是一个老农民。烟味明明是苦的，不知道为什么会称之为香烟。儿子当时六七岁，带他买饭时常能碰到陈老师，我让儿子跟他打招呼。儿子稚嫩的"爷爷好"让陈老师很是受用，他回了句："我娃乖！"

终于有了能和陈老师共进晚餐的机会，当时单位买了些《白鹿原》，请先生吃饭顺便签名。也终于有了单独敬酒的机会，我说："陈老师，我姓袁，据说咱还是本家呢！"陈老师说："对着呢，陈姓和袁姓是一个老先人传下的。"随即端起杯中的红酒一饮而尽。我还专门请陈老师给我儿子签送了一本书。当时还请同事用我的酷派手机拍了与陈老师在一起的合影，可惜最后手机被鄠邑区的出租司机给"收藏"了，司机是谁，我却无从得知。鄠邑区的司机好像很喜欢"收藏"我的手机，十年前的一个诺基亚手机也是被一个在西安开出租车的鄠邑区司机"收藏"了。看来我的破旧了的手机确实有些价值。

去陈老师家是 2013 年 8 月份，是学校为他安排在二府庄的一个三居室的住所。人文学院黄院长联系了陈老师，我们买了一百本《白鹿原》请他签名。下午两点多的时候，正是一天最热的时候，我们买了些水果和土鸡蛋去拜望他。老先生穿了件布满小洞的白汗衫打开了门，照顾他的司机有些不高兴，说下午还要开个会，怕耽误了。我赶紧给陈老师说："陈老师，真不好意思，大热天还要麻烦您。"陈老师回了一句让我能记一辈子的话："你这都是拿钱买的！"厚厚的一百本书我们两个爷们儿搬着上下楼，剩下的两人一个负责给陈老师翻书，另一个负责给签过名的书盖上陈老师的私章，流水线操作，主要怕耽搁他的宝贵时间。趁着少有的闲暇，我扫视了一下他的书房，书桌上堆满了书，当然是没有《白鹿原》的。书桌旁的凳子上放了一大摞四尺宣纸的书法作品，都是没有钤印的，我的手和心都有些痒，但是嘴还是涩得张不开。半个多小时的劳作，陈老师头上也见了汗。我们满意地离开了陈老师的家，虽然我的心里面还是有些小小的遗憾。

我的收藏只有五十本，这些陈老师亲笔签名的《白鹿原》我给我的同学和朋友送了不少，慷慨大方得很，因为陈先生就是咱家人，送完了再买，再请他签名，多么容易简单而又平常不过的事情呀！当我再次动了买书的念头时，陈老师已经住进了医院，听说喉癌折磨得他连话都说不出来了。幸亏我没有送那两条巴山雪茄，否则我可能要后悔一辈子！

冯伯先走了，是在2015年的冬天。这个我敬重的老人，见他第二次面的时候，是在兴平县城他家他自己的灵床上。这个用文字为兴平奉献了一辈子的人终于可以休息了，但他何尝是一个愿意舍弃文字的人呢？听到噩耗时，我忍不住自己内心的悲伤，作了一首诗《哀思·悼冯萌献先生》寄托自己的缅怀之情。

在祭奠之后的几天，我又抑制不住自己的情感填了《蝶恋花·再悼冯老先生萌献》《蝶恋花·三悼冯老先生萌献》两首词。

冯伯人虽然走了，但他的精神和文字还在影响和感染着周围的人，当然也包括我。

半年后的春天，2016 年 4 月 29 日上午，陈忠实先生也走了。当时忙于公务的我含泪写了一首诗歌缅怀，我知道自己没有资格、没有机会去现场拜祭他，但我还是控制不了我的情绪，四十多的人了，竟然哭得像孩子一样，不知什么原因，眼泪怎么也擦不干净。于是有了这首小诗：

诗悼陈公忠实

诸事缠身心未平，一闻噩耗泪纵横。

无端疾病终人寿，有幸诗文续古声。

忠厚一生仁者范，汗青永录圣贤名。

长安自是多才俊，白鹿原中春色盈。

在全民送别陈先生的时候，我在办公室也填了一首蝶恋花词排遣自己的愁绪：

蝶恋花·送别陈公忠实

芳草萋萋春且暮，灞柳依依，何处留飞絮。莫道此愁抛已去，年年随柳还如故。

原下曾经君久住，白鹿难寻，似与君同侣。身后生前多少誉，任人评说随风妒。

或许对于文人作家最好的祭奠就是文字了。也许老天真的有眼，也许是白鹿显灵了，当我把这篇酝酿已久的文字在沣峪口石峡沟农家乐里的二层楼阁里输入电脑的时候，酷热的天气变了，风起了，雨来了，天气一下子凉了下来。这么凉爽的天气分明是在告诉我要写下去。于是我没有了往日午饭后的浓浓睡意，不休息，一口气把这篇文字完成了。耳边只有哗哗的雨声伴着阵阵雷声，好像要对我说些什么……

　　好凉爽的天气呀，真想抽一支巴山雪茄，去慢慢体会其中的味道。

　　这两条巴山雪茄和那两本书将会一直在我的书柜里面静静地等待下去……

　　　　　　　　　　　　　　槐里后学

　　　　　　2018 年 7 月 26 日午于石峡沟人间仙境农家

　　　　　　　　　　　二稿于 7 月 27 日午后

学诗词五年随笔

——与诸诗词同道共勉，供方家一哂

　　我于诗词也只是一个学龄不足五年的学生而已，虽然自小耳濡目染，加之学生阶段学了些古文和唐诗宋词，但对诗词的深入学习却是在不惑之年以后的事情了。

　　读诗学诗爱诗是每一位华夏子孙与生俱来的情结——这里所说的诗不是现代诗。这种情结与我们血肉相连，饱经沧桑而不易，屡被劫难而弥新。在此，我将自己学习的心得与各位同道分享，意在抛砖引玉，也敬请各位方家拍砖，当然还是"斧正"比"拍砖"文雅些。

　　读诗须一字一字地推敲研读。为什么要这样做？因为先民在创造文字时都赋予了每一个文字独一无二的含义，当然也同时赋予了每一个文字或轻或重的声调。

　　比如杜诗"却看妻子愁何在"中的"妻子"是指老婆和孩子。逐字探究诗的含义和作者用此字的目的能更好地理解作者的真实用意和诗的味道。一首好诗，每个人都有自己的解读。同一首诗，每个人在不同的时间、地点、环境、心境下也都会产生不同的感觉，这就是诗的魅力之所在。"少小离家老大回，乡音无改鬓毛衰。儿童相见不相识，笑问客从何处来。"每每快回到家乡时想起这首诗，我这个半百之人也不禁潸然泪下，但当年读小学诵读这首诗时肯定不会是现在这种感觉了，原因就在于现在身在异乡，原因就在于匆

194

匆而去的四十年时光。"此情可待成追忆？只是当时已惘然""曾经沧海难为水，除却巫山不是云""永忆江湖归白发，欲回天地入扁舟""出师未捷身先死，长使英雄泪满襟"等诗句诸君自可细细品味。先人们创造的这个"品"字很有意思，三个口在一起，我来歪解一下，就是把一口能吃下去的东西分三口来吃，此之谓品也。"三"在古文中意味着多，意味着无穷。所以读诗得品才行。正鉴于此，司空图才有了《二十四诗品》。

读诗须注意格律，也就是用韵及格式。有人把韵脚比喻为部队冲锋的鼓点，无之则阵形不整、军容不整，士气不振难以形成威武雄壮的气势和战斗力，这个比喻很形象也很准确。所谓押韵，其实就是把韵母相同且声调相同的字作为一句诗的尾字，绝句和律诗必须在偶数句押韵（汉字按声调分为平声和仄声，平声字读起来云淡风轻，仄声读来铿锵有力。古人将其归纳为平上去入，用这四个汉字本身固有的声调来分辨，远比现在这一、二、三、四声要高明许多。上声、去声、入声为仄声。押韵字要么同为平声，要么同为仄声，主要指律诗），如"国破山河在，城春草木深。感时花溅泪，恨别鸟惊心。烽火连三月，家书抵万金。白头搔更短，浑欲不胜簪"中的"深""心""金""簪"，又如"白日依山尽，黄河入海流。欲穷千里目，更上一层楼"中的"流"和"楼"都是押韵字。有人要说了，你说的有问题，"簪"和"金""深""心"四个字的韵母就不统一，"流"和"楼"韵母也明显不一致。到底是我错了，还是诗人们错了？其实你我和古人都没有错，当年的方言或者是官话中，"流"和"楼"是一伙，"簪"和"金""深""心"发生了关系，没办法，可能是语言演变的问题吧，就如网络上流行的"赶脚"

欺负了"感觉"一样。读古人诗词，如果觉得韵律有问题，可以去查阅平水韵或者词林正韵。要注意的一点是，简化汉字时，平、上、去、入（阴平、阳平为平声，约等于现在的一声、二声，上声近似于三声，去声近乎现在的四声，之所以用比较模糊的词语来说是因为我没有仔细考究）中的入声字统统被解散发配到现在的几个声部去了。是否准确，我不负责，各位看官自己研判。汉字古有的韵味被逐渐糟蹋了，何其可惜！平分阴平、阳平，古人把发声都分阴阳了，也真有点太那个了。阴阳怪气这个成语是否能补证一下？就这样，我们几乎天天要用到的"学""白""国""德"等入声字都被放到平声字里面去了，这四个字按咱老陕土话来念，如白眼狼、日本国、丧德、学雷锋，声调是不是都是有些合乎平水韵……下来说格式，也就是平仄。"平平平仄仄，仄仄仄平平，仄仄平平仄……"古人这么绕来绕去是不是脑子里面长了点啥？非也。古人写的诗词其实就是当年的歌词，要在舞榭歌台之上演唱的，都要上当年的流行榜的。每一个文字独有的声调按照一定的规律组合排列在一起，天生就具有了音乐的质感，从外到内都散发出一种魅力，正所谓"清水出芙蓉，天然去雕饰"。比如成语"千军万马"（平平仄仄）无论何时何地读起来都能让人联想到辽阔的草原、雄壮的队伍、无畏的战士，而"藕断丝连"（仄仄平平）让你联想到的则是另一番旖旎情境，这就是我们汉字独有的魅力。寥寥数字，已给你勾勒出一片遐想的天地，汉字音律之美，正在于此。相传，仓颉把文字造出来时，"天雨粟，鬼夜哭"。言归正传，平仄就是声调，声调表示了语气。如果一句话全是仄声，也即皆为高音，说起话来像吵架，唱起来岂不要累死帕瓦罗蒂了？反之亦然。这也就是为什么古人写的文字读起来抑扬

196

顿挫、朗朗上口、文辞华美、气势开张、便于诵记。古诗的分类很多，体裁和形式也多种多样，这里只以五言律诗为例简言之。诗到了唐，格律严谨，登上峰巅，后世难以逾越。词又称长短句，其实也可以理解为把格式重新打乱编排了的诗。在诗上宋人无法超越唐人，于是就在词上用心颇多，这也可能是宋人无奈之举，当然宋词的高度后世也无法企及。唐诗中把汉字按平上去入四个声调划分到一百零六个韵部中（就这一百零六个韵部还是后人瘦身以后的结果。山西是个神奇的地方，煤多，牛人更多，平水即今之临汾就出了刘渊这个唐诗的铁粉把这事干成了），宋词则宽松一些，正如宋朝对于文人的宽松一般，把汉字同样按平上去入划分到十九个韵部中（每部中自有平仄分类）。平水韵和词林正韵，百度可得，想当年我也曾胡写一气，平仄不通，韵字不正，幸有度娘，使我醍醐灌顶，大开眼界，更上一层楼。

"仄仄平平仄，平平仄仄平。"这是一种格式，平的位置可以安放任何一个平声字（阴平、阳平），仄的位置当然是要摆上任意一个仄声字（上、去、入）了，格式转换两两一组，平平仄仄反复交替，如日月轮回、山长水远。还要说明的是，这个两两转换是从每一句诗的第一个字就开始了的。但是五言诗和七言诗都是奇数，这就给人带来了一些麻烦。如果是四言诗六言诗就很简单了，平仄转换一目了然。然而四言诗和六言诗古人也写了很多，为什么脍炙人口的却不多？楚辞《离骚》里面也有许多美妙的长诗句，而为大众喜闻乐见张口就来的诗句何以也并不多？我至今百思不得其解，为什么五言和七言流传最广而且最深入人心？这里面肯定有值得研究的东西。我未曾涉及，不敢妄言。杜诗"无边落木萧萧下，不尽长江滚滚来",这两句诗去掉前两个字变成"落木萧萧下,长江滚滚来"就是"仄仄平平仄,平平仄仄平"。加上"无边"和"不尽"两个形容词更有气场,更耐人寻味,当然格律就变成"平平仄仄平平仄,仄仄平平仄仄平"了。如果换成"无边落木纷纷下,不尽长江哗哗流"(平平仄仄平平仄,仄仄平平平平平),格律和味道的差别不言自明。其实五言诗到七言诗转换就这么简单,七言每句前两字去掉则为五言,五言每句前增两字则为七言。必须要当心平仄,句首两字为平声的,增减仄声;反之亦然。按这一规律拆解唐诗,你会一日万里。这种格式大家是否会觉得眼熟,祠堂庙门上悬挂的某些东西与这很像,我们过春节时张贴的春联是不是和这有关?春联就是这样一种平仄对仗的文字,三字、四字、五字乃至百字千字长联都有。当然春联比这个格式还要牛!因为春联不仅要求声调上下联平仄相对、字数相同,而且文字内容性质也要相对,更为重要的是在上述任务完成之后的文字内容了。常用的春联之"天增岁月人增寿,春满乾坤福满门",区区十余字就把天、地、人、岁月、寿命、福气、春意都说尽了,任何时候你朗读这一组文字都能给你带来无限的愉悦之感,更何况是在春节这个美好的日子呢,你只能再次折服于汉字的伟大!如果你会撰写春联,恭喜你,你离会作诗就只剩下最后一毫米了,不是最后一公里。

唱歌对于我来说是一场灾难,从来都不是一场美丽的邂逅。用五音不全、破锣嗓子、跑调大王诸如此类的词语形容我的歌声毫不为过,要怪只能怪老天爷了,与爹娘无关。啰唆这么多,也是为了说清格律。五言律诗(七言当然也一样)起句正如唱歌起调一般,分为平起平收、平起仄收、仄起平收、仄起仄收四种类型,或者说是四种模式。我谈论音乐是在班门弄斧，请李龟年、李延年们莫要指点江山、激扬文字，或许不小心让我蒙对了也不尽然。起调就有高音起、低音起之分，收调当然也有高音收、低音收两种，两两组合不就是四种模式了？这也完全等同于律诗的四种格式，我的数学学得还不赖，于此可见一斑。要举例子说明，还得请出诗圣来，还得搬出《春望》来。"国破山河在，城春草木深。感时花溅泪，恨别鸟惊心。烽火连三月，家书抵万金。白头搔更短，浑欲不胜簪"一诗，我等不妨细细考量一番。首联，"国破山河在，城春草木深"，为什么是首联而不是头两句？律诗八句分为四组，两两成对，称之为联。正如歌中所唱的："爱是你我／用心交织的生活／爱是你和我／在患难之中不变的承诺／爱是你的手／把我的伤痛抚摸……"这两句密不可分，生死相依，相濡以沫而不能相忘于江湖，所以古人于此用一"联"字。律诗八句分成四联，古人就用三才天地人中的人的躯干来命名，称之为首联、颔联、颈联和尾联。我怎么感觉像是用龙的躯干在说事呢，怎么不见我们人类的身段呢？从此律诗（长律、排律不在此列）也就有了四韵诗之说，注意八句四韵，韵字都在偶数句。绝句四句，韵字在二、四两句。在这儿，诗歌和对联又搞在一起了。没法子，虽然"搞"字有伤大雅，但此字我认为最为妥切，用此俗字，希望诸公所思如孔圣人所讲的"思无邪"了。这也就是前文所谓的最后一毫米说法的由来了。诗人中之执牛耳者，往往能做到四联中有三联甚至四联都能独立成对，而不是仅仅满足平仄要求而已。杜诗圣《春望》诗中前三联都成对了，"国破"（仄仄）对"城春"（平平）、"山河"（平平）对"草木"（仄仄）、"感时"（仄平）对"恨别"（仄仄，别字古时为仄声也）、"烽火"（平仄）对"家书"（平平）、"三月"（平仄）对"万金"（仄平）、"在"

对"深"、"泪"对"心"、"连"对"抵",仔细瞧来,看我说得对否? 此话是否有些让人齿酸? 没法子,快到午饭点了。当然大多数诗人不能像杜工部这般牛,但是也得保证四联中至少有一联成对,其中最重要的当然是颈联也就是第三联了,也就是说大多要保证五六句这一联成为对偶句。看官中自有高人,可能看出些许端倪了。当然会有人指出,"感时"对"恨别"、"烽火"对"家书"中平仄对仗有些问题,不太严格,但是在每句中的二四位置中的字每一联中是平仄相对的,可以推而广之。在拜读更多律诗的过程中你会发现每一联中会有一个平衡,即十个字(对五言律诗而言,七言律诗当为十四字,啰唆一下无妨)中平声字和仄声字的数量是五五开的,这是符合统计学规律的。我的数学确实好,关键时候总能替我挡枪。当然也有个例在一些好诗中出现,如陆游先生的"一身报国有万死(仅身字为平声,一字古为仄声,试试把一发重音念念"一鼓作气"),双鬓向人无再青"和我们袁家牛人的"白日不到处(五连发,全仄声),青春恰自来"。作诗中的拗救就是更见功夫的事情了。所谓拗救就是在平仄转换出现问题时进行的补救工作,关于这个网上有很多文章,大家可以去参考。

杜老先生穷困潦倒反而写出了许许多多的绝妙诗作,为什么呢? 我认为,这可能就是所谓的格局和境界了。还拿《春望》一诗说事。其格式是仄起仄收,也可以理解为唱歌的高音起调高音收尾。

国破山河在,城春草木深。

仄仄平平仄,平平仄仄平(韵)。(首联)

感时花溅泪,恨别鸟惊心。

仄平平仄仄,仄仄仄平平(韵)。(颔联)

烽火连三月,家书抵万金。

平仄平平仄，平平仄仄平（韵）。（颈联）

白头搔更短，浑欲不胜簪。

仄平平仄仄，平仄仄平平（韵）。（尾联）

看看这格式，仅平仄二字排列的这个队形就很有质感。每两句也即每一联上下句要平仄相对，重点关注每句诗当中的第二和第四字，七言诗扩展到二四六位置，四联中至少要有一联对偶，没有对偶的个例极少。对偶（对仗）的格式网上有大咖总结了三十种左右，有兴趣的看官可以问问美丽贤淑的度娘，不要因为莆田系、广告门之类的东西而抹杀她的贡献，至少我是要万分感谢李彦宏的。前面说到了，四韵诗的格式有四种，《春望》属于仄起仄收，其他三种，各位大侠可以据此推导。注意首句平收的可以入韵也可以用相邻韵部的字来押韵，即韵母相同或相近的字来押。据此，大家可以推出只有平起平收和仄起平收两种格式的首句要考虑入韵的问题了。必须要强调的是，前述种种基本上都是针对押平声韵的四韵诗而言的。押仄声韵的律诗之格式同样有四种，但要求就宽松得多了，比如杜老先生的《望岳》：

岱宗夫如何？齐鲁青未了。

造化钟神秀，阴阳割昏晓。

荡胸生层云，决眦入归鸟。

会当凌绝顶，一览众山小。

其中平仄要求则较为宽松，但是，二、四、六、八句尾字押韵，"了""晓""鸟""小"四字大家一看便知，这属于平起平收之格式，从"宗""何"二字是平声字一看便知。

读到这里，想必各位看官对格律已小有认识了，下来说格式转换中的另一个重要问题，就是所谓的粘了。这个"粘"字用得极好，要粘就须有糨糊、胶水之类的东西了，但是性质不相近的东西是万万粘不到一块儿去的，比如铁和玻璃现阶段是没有粘在一起的可能的，以后不好说了，原谅我鄙陋的比喻。四韵诗中，每一联前后平仄相对，但与下一联则是要粘在一起的。再拿《春望》来看，"国破山河在，城春草木深。感时花溅泪，恨别鸟惊心。烽火连三月，家书抵万金。白头搔更短，浑欲不胜簪"，"城春"与"感时"、"恨别"与"烽火"、"家书"与"白头"、"浑欲"与"国破"，平仄一致（重点是后面的"春"与"时"字，"别"与"火"，以此类推），形成了一个闭环，有点环环相扣的意思，不是意思，是要求，是规矩，是格律。《说愁》一诗是我的鄙陋之作，根据起句来分析："空山新雨后"声调是"平平平仄仄"，当为平起仄收，低音起调、高音收，重点看"山"字和"后"字；"戍鼓断人行"声调是"仄仄仄平平"，为仄起平收入韵，高音起调、低音收，重点看"鼓"字和"行"字；"国破山河在"声调是"仄仄平平仄"，则是仄起仄收，高音起调、高音收，重点看"破"字和"在"字；"十诗九说愁"声调为"仄平仄仄平"，属于平起平收，低音起调、低音收，重点考察"诗"字和"愁"字。五言律诗这四种格式分析透彻了，七言律诗在这四种格式起句前加两个字，平平前加仄仄，仄仄前加平平，就是七言律诗的四种起句类型了。第一句弄通了，再根据对和粘两个要求很快就能弄清楚七言律诗的格律了。不要着急，用推导公式的方法推演平仄，三五周即可通会，当然高人一般不需要。重要的话说三遍，按平水韵研究！按平水韵研究！按平水韵研究！（笠翁对韵无事时不妨多加背诵。）

山居秋暝

王维

空山新雨后，天气晚来秋。（平平平仄仄，平仄仄平平）

明月松间照，清泉石上流。（平仄平平仄，平平仄仄平）

竹喧归浣女，莲动下渔舟。（仄平平仄仄，平仄仄平平）

随意春芳歇，王孙自可留。（平仄平平仄，平平仄仄平）

月夜忆舍弟

杜甫

戍鼓断人行，边秋一雁声。（仄仄仄平平，平平仄仄平）

露从今夜白，月是故乡明。（仄平平仄仄，仄仄仄平平）

有弟皆分散，无家问死生。（仄仄平平仄，平平仄仄平）

寄书长不达，况乃未休兵。（仄平平仄仄，仄仄仄平平）

春望

杜甫

国破山河在，城春草木深。（仄仄平平仄，平平仄仄平）

感时花溅泪，恨别鸟惊心。（仄平平仄仄，仄仄仄平平）

烽火连三月，家书抵万金。（平仄平平仄，平平仄仄平）

白头搔更短，浑欲不胜簪。（仄平平仄仄，平仄仄平平）

说愁

槐里后学

十诗九说愁，亘古不曾休。（仄平仄仄平，仄仄仄平平）

百日无双似，千人有万忧。（仄仄平平仄，平平仄仄平）

夕阳方欲落，明月已当头。（仄平平仄仄，平仄仄平平）

世事难言尽，壮心犹未秋。（仄仄平平仄，仄平平仄平）

格律不通之处，自有拗救，无法一句话说清楚，个别拗句也会创造出别样的意境和味道来，这就全靠个人的修行了。

接下来说说诗的架构。无论创作绝句还是四韵诗都要有整体的布局。读诗也要研读作者的用心所在，这样才能对自己有所裨益。绝句其实从上述四种格式的律诗取其前四句就是了，大抵用绝句来表示，吾度之是欲与其他四句断绝来往者也。但是，诗的主体思想必须在这四句当中体现出来，所以从某种意义上来讲，绝句更难创作。王之涣的《登鹳雀楼》我们一起分析分析："白日依山尽，黄河入海流。欲穷千里目，更上一层楼。"属于仄起仄收型，"流"和"楼"是韵字。这四句里面包含了四个情节或者部分：起、承、转、合。从字面意思基本可以说明问题了。起是开头、开始，所谓万事开头难，诗的起句非常有讲究，也很重要。承是承接、接着首句继续展开，王诗中前两句都是在写景，而且全诗都是用了对偶的。转，就是笔锋一转、转换话题，第三句"欲穷千里目"就是转。合就是总结、提炼、升华，第四句"更上一层楼"就是合。前面林林总总都是为最后一句做铺垫做陪衬的，所以这第四句诗才被后来人广为征用。王诗四句两两对偶，浑然天成，二十个字给人的感觉只可意会不可言传，牛人啊！

这就是诗的语言、诗的魅力所在！真是脍炙人口、千古传诵的不朽名句。从这首诗能够很清晰地看出起承转合的过程。说完太阳说黄河，然后话锋一转说想法，最后说要登楼，一语双关，意境深远，流传万年。再看李义山的一首绝句："云母屏风烛影深，长河渐落晓星沉。嫦娥应悔偷灵药，碧海青天夜夜心。"前两句起承都是写景，第三句转为议论，最后一句以想象的情境作为收尾。何其妙哉！起承转合在四韵诗中一般都对应于首、颔、颈、尾各联，当然也有个例。诸位看官要自己去体味推演了。其实，起承转合这种前后转换层次递进的关系与我们的每一次文字活动都息息相关，无论谈话还是演讲，抑或写文章，都要经历这几个阶段，不过在各种题材中表现的程度不一而已。

读诗还要面临的一个重要问题——典故。典故，简言之就是背景知识。古人熟读四书五经，说起话来引经据典，作起诗来当然也要不断引用典故来表达自己的立场、想法和感情。生活于当下的我们从小也未曾系统地接受国学的熏陶，所以读到古人的诗歌时往往会出现一些障碍，除了一些生僻的字以外，难度最大的就是典故了。古人典籍浩如烟海，我辈所学九牛一毛。幸而有度娘，网罗了万千文献，一键可寻，答疑释惑！还得再次感谢李君彦宏及其团队的不世之功。《诗经》是古诗的经典，当然也是被广为引用的典故之源头活水了。我之所以用活水形容，是因为几乎与我们的现代生活息息相关，多少我们张口就来的文字都与之有关，如"窈窕淑女，君子好逑"，又如"蒹葭苍苍，白露为霜，所谓伊人，在水一方"，就连"宜其室家"这句《诗经》中的文字也被超市征用了。其他古文献，诸如神话传说、老子庄周孔子屈原曹操曹娥等文人政客将军烈女的文章和故事都在被反复引用，这些就构造出诗歌中最华丽最动人也最有厚味的篇章了。知之实属不易，用之更是不易。所谓用典，就是以彼事言吾事，以前事说今事，难在恰如其分，难在不露痕迹。"文似看山不喜平"，这就是诗的味道。

回过头来说说诗的修辞。《诗经》的修辞手法简言之就是赋比兴。赋者直陈其事。比者类比也，以人比物，以物比人。兴者由此及彼也。后人把修辞手法总结为比喻、比拟、借代、拈连、夸张、双关、映衬、移就、对偶、排比、错综、仿词、设问、反问，等等。其实在我来看，就是赋比兴的细化深化而已。好的诗歌有两种情境，如王国维在《人间词话》中所述的，一是有我，一是无我。所有的修辞目的都是要通过文字来创造出这样两种情境。《登鹳雀楼》和《春望》二诗，诸公可细细品味、体会。修辞手法百度可寻，我是说不清楚的，所以是当不了专家和教授的。

最后说说诗歌的感情。孔圣人有言："诗可以兴，可以观，可以群，可以怨。"诗当然注入了诗人的主观情感在其中。诗是心话，也是给自己或者他人说的话，既然是话，多少都是要倾注一些情感在里面的。这情感可以是怨恨，可以是怜悯，可以是哀其不幸、怒其不争，可以是风花雪月、剑胆琴心，可以是盛世赞歌、乱世情怀，可以是小窗夜语、儿女情长，可以是卑微的苔花、富贵的牡丹，可以是世间万物，可以是沧海桑田……一切皆可入诗。但是能打动人的必须是真实存在的情感，必须是发自内心的情感，必须是真善美的情感。懂得了这些，你离作诗、作出好诗已经不远了。所以读诗要去体味作者的用心和情感所在。正如曹公雪芹所道："满纸荒唐言，一把辛酸泪。都云作者痴，谁解其中味？"

206

下来说说词。词又称长短句。词牌种类很多，各有定式，每个词牌用韵的平仄要求各有千秋。《虞美人》一词短短八句就要转换四个韵部：

春花秋月何时了？往事知多少。

小楼昨夜又东风，故国不堪回首月明中。

雕栏玉砌应犹在，只是朱颜改。

问君能有几多愁？恰似一江春水向东流。

"了"和"少"、"在"和"改"、"风"和"中"、"愁"和"流"八字四韵，两仄两平。李后主的痛是"千古无人会"的，因为这样的故事是不会重演的。我等凡夫俗子没有尝过当皇帝的滋味，自然难以体会。填词何其难也，但是你若明白了诗的格律，弄懂词的格律则易如反掌。想当年我也曾写了一首《虞美人》，当然是不在调上，现在看来真的是无知者无畏呀！词中有些要求用对仗，有些要求用叶韵，各位蠢蠢欲动者先去问问度娘，她最懂。所谓互叶就是同一韵母的平声字和仄声字，如花字和化字互叶。可以理解为一根树枝上的叶子，位置不同，但根相同，此根即为韵母。拙文以诗为主，通诗则词就很容易了，不再赘述。

读诗再次总括一下，要按古韵逐字推敲字的平仄和含义，要探究作者的用韵，要探寻诗的起承转合，要延伸阅读其中的典故，要理解作者的真实情感。只要做到这几点，书读百遍，其义自见，诗也是这样。古人的心思我辈岂能一眼看穿？所以要百读不厌。

诗能读懂了，作诗也就不难了。为什么要写诗？我也不知道答案。

正如一首歌中所唱的"花儿本是心上的话，不唱由不得自家"，诗也是心上的话，不作由不得自己，所谓的情不自禁可能就是这个意思了。现在国家强盛，人民富裕，每一个人都有了写诗的冲动，写诗的激情，写诗的时间，写诗的可能。你我他一样都有心里的话想说，不说由不得自个儿。窃以为，作诗第一步是模仿，第二步是创新，第三步是炼字，第四步是升华。但前提是你得大量阅读古人的诗词，从中汲取营养，把它们转化为自己的东西。写诗最重要的是你要有真实的感悟、真实的情绪。读诗难，作诗更难，作好诗更是难于上青天。正如登山，你在一步一步地攀登，付出了许许多多的汗水和艰辛，但是到达了一定的高度后，你会看到不一样的风景，你会品尝到不一样的滋味！痛苦并快乐着是我内心最真实的感觉。想起一首诗，颇能契合我的诗书学习过程：

苦吟

卢延让

莫话诗中事，诗中难更无。

吟安一个字，捻断数茎须。

险觅天应闷，狂搜海亦枯。

不同文赋易，为著者之乎。

槐里后学

2018 年 5 月 7 日于办公室

8 日二稿，9 日三稿，17 日四稿

6 月 16 日五稿

与书法绝交书

——聊述五年习字遭遇，与诸同道共勉，供方家一哂

必须要说明的是，我不是书法家，也不是任何一级书协的会员，最重要的是我写出来的字水平尔尔，但我之所以敢冒天下之大不韪来说书法，是因为我是一个爱字四十多年习字五年多的学生，窃以为对书法还有一些感悟。能有此文，最需要感谢的当是田蕴章先生，我认为我的勇气和关于书法的知识大半是拜田蕴章先生所赐，是他的书法讲座促使我树立了自信，同时也是他的批评使我走上了古诗词研读之路。当然我也只是通过网络学习的，未能亲自拜师。另外，还要感谢百度的研发团队。因为我对于古文和书法的学习大多是从度娘口中所得。比如嵇康的《与山巨源绝交书》一文，就是在搜索松雪道人赵孟頫法帖的过程中所读到的，子昂先生的书法当然是超一流的，所谓的"五百年间无出其右者"之美誉实不为过，但是嵇康先生的道德情操则更为后人仰慕。嵇康先生的文章我在习字之余常品读其中滋味，颇有所得。近来，欲以一文吐露与书法邂逅四十多年、相知五年多的心境，当然相知一词有些唐突，但初生牛犊的勇气还是要有的，虽然书法不知我，我亦于书法知之不多！甚爱嵇康先生文字，遂以"与书法绝交书"为题目。

邂逅之说，颇有渊源。总角之年，初识文字，学校也曾有描红之课。写毛笔字，乡里称之为写大字，我感到很神奇也很好奇。村里一位大

写家，论辈分比我祖父还要高，我称呼为多爷（家中老大之俗称，"多"须用仄声了，发剁音）的，书法功力甚是了得，全村春联几乎都是他所写，至于其他红事白事所用的楹联自然也出自他手了，这使他成为全村颇受尊崇的人物。可惜，他当年所写的文字都已化作尘灰了，如果放在现在肯定不比当今这些所谓的省市书法协会的人物水平低。每每看到他挥毫书写，我便屏住呼吸，认真地看他饱蘸墨水，轻盈潇洒地写出一个个漂亮丰润劲挺的大字来，心中当时只有羡慕了。当年真是太傻了，也不知道去拜师学艺，或许是自己太过于贪玩了。"尖尖沟子坐不住"，这句话是母亲大人当年对我的评价，只有游戏才是最爱，我根本不愿意坐下来读书写字。老家的方言把屁股叫沟子，还是比较形象的。儿时常用于羞辱小孩拉屎撒尿不避人的一个口口（童谣，儿歌）："羞、羞、羞，把脸抠，抠个渠渠种豌豆，别人的豌豆打一石（音同淡），你屋豌豆没见面"中形象地把屁股称为渠渠，很是好玩。当然渠和沟都是用于排泄水流的地方了，古人多么智慧而幽默呀，创造出来的说法虽俗却雅！现在这位老人家早已长眠于地下，于是村里面红白事所用的大字就由他的一位堂兄弟承包了，水平自然比他要低许多了，当年老大活着他是不敢在外头写字的，更不用说用字来赚钱了。当然，现在过年的春联几乎都是印刷的了，但是我宁愿用手写的，只有这样才感觉是过年应有的样子和气氛。

对于字的喜爱当然随着我求学的步伐在不断改变。小学中学的课余时间照例是交给各种游戏了，业精于勤而荒于嬉，于书法的学习还是停留在喜欢而没有用心的程度，甚至到了一度想放弃的地步。究其原因还是一次游戏过度引起的。应该是1985年春末夏初的时候，麦子快黄了，根据惯例是要在地里点种玉米。点种是用铲子在麦地里面刨个小坑把玉米种子放两三粒进去然后把土盖上。我和父母一块儿去村子东边的壕边地里点种子，这活儿难度和强度都不大，吃完早饭不到一个半小时就把五分地的玉米点播完毕。无事生非！地西头小渠边的一棵桐树分了一个枝杈子，也就是一个无用的新枝丫，母亲决定用铲子把它铲掉，而我受了排球女将郎平的影响决定用跳起来扣球的潇洒动作解决掉它，于是悲剧发生了。现在看来，提前沟通是多么重要的一件事情呀！我的右手腕在打掉桐树杈的同时邂逅了母亲朝上发力的铁铲子。不见鲜血，但见白筋红肉！脾气暴躁的父亲那天倒是没有顾得上发作，赶紧带我去找西村刘家的医生给我缝合。三针不算多，但我的手腕毕竟是伤了元气，腕力从此大打折扣了。于是对写大字只能是看看而已了。当然这看看依旧是过年春节前看我称之为多爷的老先生所写的春联了。高中三年耽于棋牌游戏的间隙又爱上了文学爱上了写诗，当然写诗主要是聊解相思之苦，苦自然也是歌德笔下的少年维特之烦恼了。1989年上了大学，遇到了几位酷爱书法，字也很具功力的同学，他们对书法的热爱再次唤回了我对于字的痴迷。随李谷雨同学跑了几次碑林博物馆，我们一起在文昌门里的地摊边买了好多书法字帖。从此就在还没有网络的时代知道了王羲之、欧阳询、虞世南、褚遂良、颜真卿、柳公权和赵孟頫。王羲之的《兰亭集序》，欧颜柳赵的楷书字帖，还有魏碑汉隶字帖等，见啥好就买。当年一本字帖几毛钱，一次就买好几本，但还是喜欢不了几天，就又都扔在一边了，下次去了照例又忍不住要买，照例又是扔在一边。真是一句顶一万句，"尖尖沟子坐不住"，母亲的评价永远是正确的。当我的沟子不再尖尖的时候，当我真正理解了这句话的时候，我亲爱的母亲不知不觉地已经离开我们二十多年了。她没有享受到我用自己的工资给她购买的任何一件礼物，哪怕是一块小小的水晶饼。

工作之后的任务当然是要成家立业了，后来的后来有了孩子。但是对于书法的喜欢还是发自内心的，有空则是翻本字帖来看，但终究还是不能入其门墙。2013 年，也是我毕业二十年的时候，有幸结识了卢强先生的书法和他本人，让我大开眼界。他的勤奋也使我明白了一个道理：功夫才是正道。

五年时光，白驹过隙。五年遭遇，百味杂陈。五年所得，甘苦与共。五年习字过程其实也是一场漫长的寂寞的修行。于是我效仿嵇康先生，将五年习字感悟表述为"七不堪"和"二不可"也。

学习书法，有必不堪者七也，甚不可者二也。

虚度日月，一不堪也。罗马不是一天建成的。你一旦要学习书法，必然要坚持下去，那么就势必牺牲喝酒打牌吹牛乃至谈情说爱的时间，更会失去很多与父母亲人沟通交流的时间，一不留神你就会成为不肖子孙。而且，从此以后你所要面对的新常态就是，一个人默默地对着笔墨纸砚，对着古人的法帖苦苦参悟。"板凳要坐十年冷，文章不写一句空"，窗外的风花雪月皆与你无关，长此以往你得失去多少人生的乐趣呀！因为你必须得勤于笔墨，否则将一事无成。正如田蕴章先生所说，勤奋也是一种天赋。面对书法，面对古人，你只能勤奋，你只能花费时间，没有"躲进小楼成一统，管他冬夏与春秋"的境界，你永远也体会不到放翁先生的"古人学问无遗力，少壮工夫老始成。纸上得来终觉浅，绝知此事要躬行"中"学"和"问"的深刻内涵。我也曾写了几句丑诗："古人求学惜三余，刺股悬梁吟上驴"来描述自己的心情。三余即是"冬者岁之余，夜者日之余，阴雨者时之余"。古人也有"三上"类似的说法，即马上、枕上、厕上。古人抓住一切可以利用的时间来学习，这种精神值得我们学习。对于书法的学习亦当珍惜三余、三上。所以，奉劝诸位，别轻易招惹书法，除非你能有所牺牲有所忍耐。曾经的一首小诗抒发我曾经的心情：

五年诗书学习岁月有寄

半路出家痴翰墨，诗书梦里醉蹉跎。

少陵堂下为走狗，松雪门前食须陀。

只许悲欢诗里落，休教寒暑酒中磨。

许他风雨幽窗过，寂寞书斋安乐窝。

空耗精血，二不堪也。书法也是一种运动，是心灵和智慧的运动，是手指和身体的运动，是思维和想象的运动。书法是动与静的结合，是线条和结构的组合，是力学和美学的交合。你必须付出辛苦而又寂寞甚至是枯燥、乏味的体力和智力劳动，不这样，你怎么能让横竖撇捺等笔画具有刚中有柔、柔中带刚的质感？你怎么能让写出来的字有"力透纸背"的形象？就是那简单的一横一竖，你如果没有成千上万次的练习，怎么能达到古人法帖的万一之功力呢？我自己第一次在报纸上用毛笔书写的时候，手一直在抖动，笔尖在纸上滑来滑去根本不听指挥，为什么？手上没劲呀！手腕上没有力量呀！一只手能拎起来四五十斤重的东西，为什么却掌握不住区区几十克重量的一支毛笔？是因为缺乏锻炼，缺乏力量。写字用的是手腕和手指的力量，是手腕和手上一组小肌肉群的力量，这组肌肉的力量及其运用的感觉没有千万次的训练是不可能有的，所以书法也是一个体力活，是要耗费精血的。所以，奉劝诸君，千万别学习书法，搞不好你的腰椎、颈椎都会出问题的，更有甚者，你的神经系统也会出毛病的。

识文断字，三不堪也。书法是写字的方法，是文字的外在形式，所以某种意义上文字内容更重要。古人将写文章称为雕龙，将写字称为雕虫。先人留给我们的汉字有四万多个，而现在新华字典中简化后的常用汉字不足一万个。学习书法，你就要学习很多繁体字和相对比较生僻的字，所以你将要面对的不仅仅是一万个汉字，也不是《康熙字典》中的四万多个汉字，而是大篆小篆隶书楷书行书草书各种书体的二十多万个汉字，而且有的一个字就有很多种写法，比如寿字、福字。你学得完吗？你认得完吗？不学是万万不行的，因为你得小心写错字、说错话。而你越学习，你就越心虚，越胆小，越觉得自己的渺小。而要学习书法，就必须要学会识文断字。学会识文断字是需要额外花费时间和精力的。有些人不愿意在这方面下功夫，认为这是字外功，纯粹是不学无术！再次挺田蕴章先生。现在，许多所谓的书协会员们把许多字都写错了，究其原因大多是从简化字往繁体字还原时出现的问题，这主要是因为他们只知练字而不读书！所以，兄弟姐妹们，别学习书法了，几十万个汉字断识起来简直是愁死人了。

诗词歌赋，四不堪也。书法所写的文字内容大多是老庄孔孟诸子百家以及历代名人积累下来的格言警句，或者是古人的诗词歌赋，比如王维的"空山新雨后，天气晚来秋……"，再比如毛主席的"北国风光，千里冰封……"，但从内心来说，哪一个书家不想把自己创作的对联或者诗词歌赋挂在高雅之堂呢？用一幅漂亮的书法作品展示自己独有的一段精妙文字，那该是一件多么幸福多么得意的事情呀，这几乎是所有书家的梦想啊！因为附庸风雅是所有文人的梦想和追求。王羲之的《兰亭集序》、颜真卿的《祭侄文稿》、苏轼的《寒食帖》，是被后人尊为行书圣品的前三名，其文字内容都是他们自己所创作的，因此向圣人学习是后代书家永远的追求和目标。

但是，诗词歌赋对今人而言，其难度则是甚于上青天。放眼四望，现代几乎满大街都是诗人了，我也喜欢胡诌几句发发朋友圈。凑几句话或许很容易，但是要写出能打动别人感动自己的诗却不那么容易。律诗里面的格律岂是一朝一夕的功夫！尤其是汉字简化后，音调也与古时候的发音有所变化，所以要想写出有一些古味的诗词来就更是难上加难了。我花了五年的时间，才对诗词基本的概念和要求有了一些粗浅的认识。所以，我亲爱的朋友，你们别学习书法了，诗词歌赋这道坎太难跨越了。学诗学韵写过的一首小诗，收藏了我当时的些许感悟：

试韵一首

独坐寒窗乐一隅，雕虫小技醉愚夫。

闲情最是钟翰墨，妙句偶成在须臾。

槐里词人空自许，天涯过客没街衢。

北风瑟瑟霜丝乱，月下逍遥一书奴。

中庸之道，五不堪也。中庸之道我理解就是规矩及分寸。书法书体有篆隶楷行草之分，每一种书体都有自己的特点，但是对于每一个具体的字来说，无论高矮胖瘦都能各具姿态，其核心要求就是每个字都要不失规矩，也就是符合中庸之道。临习古人作品，你应该知道文字从右往左书写的原因，你应该知道文字也有尊卑，你应该知道每一个字也有左右高低贵贱大小的安排，而这一切都是因为有一个道在里面，这个道就是右为上的规矩。上下左右内外，字的笔画之间都有礼让的需求。左收右放，上紧下松，内轻外重，每一字都像一个人在那儿站着，各具神态，这个神态其实就是书写者自己的形象。一幅好字，其中的每一个字就像一个精精神神的人。所以欣赏一个人的书法，欣赏一个人的字，其实他的内心他的修为他的性格都已经完全显现在你的面前了。大家常说的"字如其人"其实就是这个道理，当然求字也就是求人了。这也是中国书法独有的魅力之所在。中国的汉字取自天地万物，是最有灵性的文字，也是独具审美特质的文字，汉字里面所蕴含的文化和精神力量可以通过书法来更好地影响人，这自然也是书法长盛不衰的根本原因。"不以规矩，不成方圆"这句话我认为也可以用到书法上来，汉字是方块字，但在书写时不能把某些局部笔画写得太长，你必须让所有的笔画长度都在这个方块字外包围的圆周之内，哪一个笔画超出这个圆的范围了，这个字就不好看了。这就是规矩，这就是中庸之道。有些人写字喜欢张牙舞爪，长横长竖长撇长捺极尽夸张，殊不知这种字是不耐看的，是经不住岁月的，因为中国人骨子里面的美是含蓄之美，是中和之美，是谦虚之美，也就是中庸之美。所以，诸位同道，别再学习书法了，中庸之道会扼杀你的天性的。

平心静气，六不堪也。好的书法作品皆是笔随意行，纵情逸致，无意为之者。简言之，就是顺其自然、心性两谐的产物。而这一切的前提是你必须数年如一日平心静气地习字，但要做到心平气静何其难矣！只有你静坐桌前，目不斜视，心无旁骛，凝神聚思，忘却

216

所有尘世纷扰才能做到心平气静。你但凡有一点功利之心，只能是事倍功半，只有天长日久持之以恒，你才能有所领悟有所收获。无论楷书、篆隶，还是行草书，在临习时，一旦你心浮气躁，肯定连一个笔画都写不像，更不用说整个字了。法帖中每一个字的点横竖撇捺钩折等笔画或轻或重，用笔或缓或急都须用心详察。你只有凝神聚力呼吸自然运笔而行，久而久之，才能有所小成，每一字都如人而立，或金鸡独立或龙凤呈祥或稳如泰山或险如华岳，各具姿态。但无论何种姿态都有其重心，有的字稳中求险，有的字则是险中求正。你不静下心来审视、不细细分析怎么能发现这些特点呢？你不静下心来认真临写怎么能写出这种笔意来呢？楷书的静穆，行书的流畅，草书的飞扬，隶书的凝重，篆书的高古，无论哪一种书体的哪一个笔画，要想写好都必须入静。古人流传下来的名帖法书，历经千百年沧桑，历经数十人收藏，每一个收藏者在欣赏之前都要沐浴更衣虔诚以待，在将其传给子孙时都要求后人珍之宝之，更有甚者要带入坟墓作为永久的陪伴。为什么？此中所蕴含的情感和精神，是多么丰富和深邃！阿房宫被毁了，未央宫被毁了，大明宫被毁了……中华历史上有多少耗费民脂民膏的伟大建筑都没有经得住战火和岁月，唯独这些在轻薄的纸张上书写的文字被完整地长久地保存下来了，这不能不说是个奇迹！而这到底是为什么？我想，就因为这些文字不仅仅是文字，更是文化，更是历史，是美，是情，是中华文明的根。在习字的过程中，既练习了书法，又学习了知识，而且懂得了历史，更学会了珍惜。长此以往，你那张扬的个性都会被溶蚀掉，你就会变成一个谦和的人，变成一个有涵养的人，变成一个有深度的人，变成一个有学养的人。你与过去的自己做了永诀！你不后悔吗？如果你后悔了，请你与书法绝交。

触类旁通，七不堪也。在书法的学习和实践过程中，假以时日，你会越来越有信心，越来越有兴趣，越来越有成就感。当然你也会发现自己的领悟能力有了极大的提高，懂得了右为上，懂得了避让，懂得了线条，懂得了书法的留白，懂得了中庸之道，懂得了黄金分割，你的审美能力自然而然地提高了。知识是相通的，你会发现自己对摄影作品、对绘画特别是中国传统画，以及建筑等一切有关线条的艺术作品的欣赏视角会与过去完全不同了。恭喜你，上道了。当然，你的麻烦也就大了，因为你会发现自己的兴趣越来越广泛，你会发现自己的时间越来越不够用，你会发现自己越来越无知，越来越渺小。孔圣人说："知之为知之，不知为不知，是知也。"所以，哥们儿，远离书法吧，留点时间和精力给你自己和家人。

不近人情，甚不可一也。学习书法，你得独守空房，时间长了就疏于人情世故，容易养成孤芳自赏的毛病。时间长了，可能连你的家人和子女都认为你不太正常了，更不用说别人了。更有甚者，自以为是，性格孤傲，或者好为人师，喜欢评点别家文字，难免遭人忌恨。正如孟老夫子所说"人之患在好为人师"。王国维先生在《人间词话》中说："古今之成大事业、大学问者，必经过三种之境界。'昨夜西风凋碧树，独上高楼，望尽天涯路'，此第一境也；'衣带渐宽终不悔，为伊消得人憔悴'，此第二境也；'众里寻他千百度，回头蓦见，那人正在灯火阑珊处'，此第三境也。"吾黾勉五年，有幸悟到第二境也。第三境于我，不知还有多少时日。我是否该与书法绝交？不妨用我曾填的一首拙词来描述我此刻的心情：

声声慢·学书有感

孤孤寞寞，暮暮朝朝，闲来字里落脚。

偶入书林深处，渐迷归鹤。

欧颜柳赵妙绝，道法严，凛然山岳？

使后学，正伤神，喜得蕴章良药。

笔墨消磨魂魄，甘苦共，无声字无端乐！

铁砚磨穿，技艺尚须百琢。

孰知个中味道，小轩窗，泰岳自若。

惜岁月，直面法书独苦索！

　　瘾大戒不掉，甚不可二也。学习书法久了，你就会陶醉于文字的美中，不可自拔。书法如同打麻将抽鸦片喝酒赌博一般，成瘾性极强，一旦陷入其中，必难以自拔也。从此，你就会更愿意守在桌前，独对古人的名帖名碑，与古人同欢喜共伤悲。你能从《兰亭集序》读出王右军感慨之余的豁达，豁达之后的惆怅；你能从《祭侄文稿》感喟颜鲁公的忠勇刚强悲愤和仇恨；你能从《寒食帖》中感受苏学士的凄凉无助穷途末路的家国情怀；你能从赵文敏的书法中品味静；你能从柳少师的碑铭中品味秀；你能从欧阳率更的字中品味险……你在与一个又一个古人对话，你在与一个又一个古人交朋友，不知不觉地你就成为书痴书奴，你这个人就废了、完了。正如田蕴章先生诗中所写："潦倒不问风月事，一床碑帖尽佳人。"此番滋味，其谁知之？不可学习书法，你明白了吗？

　　五年蹉跎，五年孤寂，五年情怀。与书法绝交，情何以堪！与书法绝交，断不可行！不由得想起诗经《隰桑》中的诗句："心乎爱矣，遐不谓矣？中心藏之，何日忘之！"

以此文与书法别。

槐里后学

2018年6月30日夜于办公室

7月1日二稿，7月9日三稿